葵娜

洛可希努
露可

莉朵

旅行這件事，如果像搭火車那樣有令人眼花撩亂的風景變化，或許也能樂在其中。

然而只是在森林中的道路前進往往容易讓人厭倦。

而待在不停移動的馬車裡，除了看風景也沒其他事可做。

洛可希努是有帶繪本來，但在車上看可能會暈車。

所以限制她只能在野營睡覺前唸故事給孩子們聽。

一開始露可和莉朵還能玩互相出謎題給對方猜的遊戲，

但在村莊裡還住不久的露可能回答的問題不多，一下子就結束了。

所以葵娜這時拿出了撲克牌。

不知是過去存在的玩家還是玩家的養子們推廣的，

這塊大陸上似乎有許多這類桌遊。

葵娜使出【水上步行】
跳下河面奔跑，
沒有回頭看後方騷動的人們，
一直跑到對岸。
上岸後要橫越沙洲時，
似乎與教會相關人士還有
曾見過面的王族擦身而過，
但沒有人叫住她，她就這樣繼續奔跑。
接著再次踏上河面，
這次輪到住宅區那邊出現騷動。
「啊啊，真是的！可以不要動不動就大驚小怪嗎！」
『妳早就知道會引來好奇的目光了啊。』
「我知道啦，但還是想抱怨啊！」
葵娜邊跑邊對奇奇抱怨。

里亞德錄大地

WORLD OF LEADALE

4

【著】Ceez

【插畫】てんまそ

Kadokawa Fantastic Novels

WORLD OF LEADALE

CONTENTS

前情提要

遭逢重大車禍而住院的各務桂菜，其維生裝置在她玩ＶＲＭＭＯ里亞德錄時因停電出現異狀，她也因此喪生。

桂菜就在沒發現自己已經死亡的狀況下，在陌生的旅店房裡醒來。接著發現自己的外表變成了遊戲中的角色。

她從旅店老闆娘瑪雷路口中得知，現在的里亞德錄只有三個國家，七個國家並存已經是兩百年前的事，因而無比驚訝。

桂菜從這裡導出一個結論。她現在身處遊戲之後的時代，連這個世界中有沒有玩家都不確定。

她也下定決心要以遊戲角色葵娜，而非各務桂菜的身分活下去。

身為技能大師的她前往自己的守護者之塔，從守護樓塔的壁畫守護者口中得到其他樓塔現在處於停止狀態的消息。她心想去守護者之塔或許能得到其他玩家的消息，於是展開到大陸各地遊歷的旅程。

為了向照顧自己的邊境村莊報恩，她在村莊裡建造水井汲水器以及溫泉設施，接著認識了率領商隊的商人艾利涅，以及傭兵團團長阿比塔。

葵娜與他們同行，首先前往統治大陸中央地區的國家費爾斯凱洛。

她在那裡的冒險者公會登錄時，遇見宰相阿蓋得與他的孫女倫蒂。葵娜從宰相那裡接下尋找逃家王子的委託，嚇壞周遭所有人後達成任務。

她也與遊戲時代送出去當養子的孩子們——長男斯卡魯格、長女梅梅，以及么子卡達茲重逢，得知他們深愛身為母親的自己。

正好在此時，她接下冒險者公會的委託來到競技場，發現這裡就是技能大師No.9的樓塔，順利喚醒樓塔。

經過百般曲折，葵娜從守護者口中得知遊戲已經終止服務，一時之間陷入自暴自棄，但在確認了與孩子們之間的羈絆後，驚覺自己不該消沉下去。

葵娜接下艾利涅的委託，護衛商隊到北邊國家黑魯修沛盧。途中經過邊境村莊，從地下水脈救出迷路的人魚蜜咪麗。

接著在黑魯修沛盧的國境碰上從封閉了西側通商道路的盜賊團流竄過來的盜賊，並打敗他們。

抵達黑魯修沛盧王都後，女兒要葵娜幫忙轉交一封信到大陸數一數二的商會「堺屋」。她遇見了堺屋創立者凱利克，得知他其實是梅梅的兒子，也就是葵娜的孫子這衝擊性的事實，就連她自己也快昏倒了。

因為一點誤會，她和孫子的關係出現裂痕。之後遇見凱利克的雙胞胎姊姊——隸屬騎士團的凱利娜後，讓她感到更加不知所措。

當她得知想前往黑魯修沛盧國內的守護者之塔，就得通過席捲大陸西半邊的盜賊團的勢力範圍後，在凱利克的幫忙下，準備上門踢館。

葵娜在豪宅般的守護者之塔前，與盜賊團的頭目對峙。

葵娜知道頭目是玩家，為了矯正他仍以為這裡是遊戲世界的認知，毫不留情打得他落花流水。正當要給他最後一擊時，凱利娜率領的騎士團介入，葵娜也乖乖把罪犯交出去。

喚醒守護者之塔No.13的葵娜得知這裡是過去的損友兼公會夥伴奧普斯的樓塔後，嚇一大跳，接著從守護者手上接過有隻妖精的書。

葵娜從中確信這是在暗示她奧普斯的存在，便收下「妖精妹妹」，開始尋找奧普斯的蹤跡。

和艾利涅的商隊一起回費爾斯凱洛的途中，遇見打算在河上架橋以連接東側通商道的卡達茲。葵娜幫忙卡達茲，順利把橋架起來。

回到費爾斯凱洛的葵娜接下冒險者公會的委託去狩獵彎角熊。但不知為何，演變成要和倫蒂與她的朋友梅伊同行。

梅伊的真實身分是費爾斯凱洛的大公主梅伊麗奈。

她不小心洩漏自己喜歡斯卡魯格這個祕密。雖然只是暫定，也獲得了葵娜允許她和兒子交往。

此時在學院裡，梅梅的丈夫——鍊金術教師羅伯斯因為對葵娜的【古代技法】深深著迷，重複試誤企圖做出相同東西。

他利用自己購買的材料製作魔法藥水，接著把失敗品丟進學院的垃圾場。問題是那個垃圾場其實是遊戲時代競爭領地的爭奪點。

不知到底有多不幸，廢棄物正好符合指定的材料，讓長得像企鵝的嵌合怪獸現身。偶然被放出來的企鵝怪獸陷費爾斯凱洛的居民於恐懼中。

同一時刻，外出尋找公主的騎士團團長閃靈賽巴得知在冒險者公會遇見的冒險者孔拉爾就是遊戲時代的同公會成員。

兩個玩家以過去攜手合作的方式與怪獸對戰，加上在旁支援他們的大司祭與魔法師團的力量，但也只能勉強絆住怪獸的腳步。

收到神祕訊息後，卡達茲前去尋找母親，告訴她費爾斯凱洛現在的危機。在連特殊裝備都用上的葵娜全力攻擊面前，可憐的企鵝怪獸化作塵土，消失無蹤。

意外遇見兩個玩家，還得知新的樓塔所在消息，葵娜十分開心。

葵娜為了詢問能不能定居邊境村莊而回村莊一趟，來自南邊國家歐泰羅克斯的調查團出現在她面前。其中一個女性成員庫洛菲亞對葵娜有強烈敵意，最後還發展成決鬥。

輕而易舉打敗庫洛菲亞後，她的哥哥庫洛夫向葵娜坦言自己是國家派出的密探。從建國起治理歐泰羅克斯至今的人，竟然是葵娜的外甥女。
名為薩哈拉謝德的女王，是過去的高等精靈同伴——葵娜的妹妹送給系統當養子的女兒。每個和葵娜有關係的人都是國家位高權重者，讓葵娜冷汗直流。
葵娜重新打起精神，出發去尋找龍宮城。
趁著騎士團遠征，到中途與其同行的葵娜，因為和騎士團團長太要好，被團員誤會為閃靈賽巴的未婚妻。
傳出龍宮城目擊證詞的村莊被奇怪的濃霧包圍。
葵娜在村莊裡遇見前來村莊調查漁獲流通狀況的女性庫歐路凱，以及龍人族Ｘｓ。他們兩人是玩家，Ｘｓ的玩家甚至就是葵娜過去的公會夥伴塔爾塔羅斯。
把漁村唯一倖存的小女孩交給召喚管家洛可希錄斯照顧，三人東奔西走想解決異狀。遊戲時的活動敵人角色——海盜船長與幽靈船命殞於Ｘｓ的大劍之下。
之後葵娜喚醒守護者之塔№６的龍宮城，收養倖存的女孩露可，決定在預定定居的村莊養育她。
途中，洛可希錄斯提醒葵娜人手不足，於是把另一個召喚女僕洛可希努也找來。葵娜帶著感情惡劣、前途多舛的管家與女僕，在邊境村莊蓋好房子，正式定居於此。
在村莊定居後，葵娜實現先前的約定，帶旅店的女兒莉朵飛上天空遊覽。
而且帶著露可與工務店的兒子拉德姆同行。

前情提要

正當他們舒服地享受從空中眺望的景色時，發現艾利涅的商隊正遭受魔獸攻擊。葵娜打敗魔獸，救了阿比塔與商隊，回到村莊。

確認遊戲的任務敵人角色就潛伏在村莊附近後，葵娜和阿比塔一行人出發前往討伐。同一時間，三個孩子為了做花環而溜出村莊，在森林中差點被魔獸攻擊，陷入攸關生死的危機。

從葵娜交給露可的項鍊中跑出來的白龍保護孩子們，在森林裡留下深刻傷痕。聽見轟聲大作而急忙飛回村莊的葵娜得知露可平安無事，便嚎啕大哭。

到黑魯修沛盧買山羊和雞，正好看見透過冒險者公會接下堺屋委託的孔拉爾小隊不知所措的樣子，就替他們介紹曾孫伊澤克。

葵娜從凱利克口中得知將會在國境舉辦會談，回到邊境村莊後，身為大司祭的兒子斯卡魯格出現在她面前。

序章

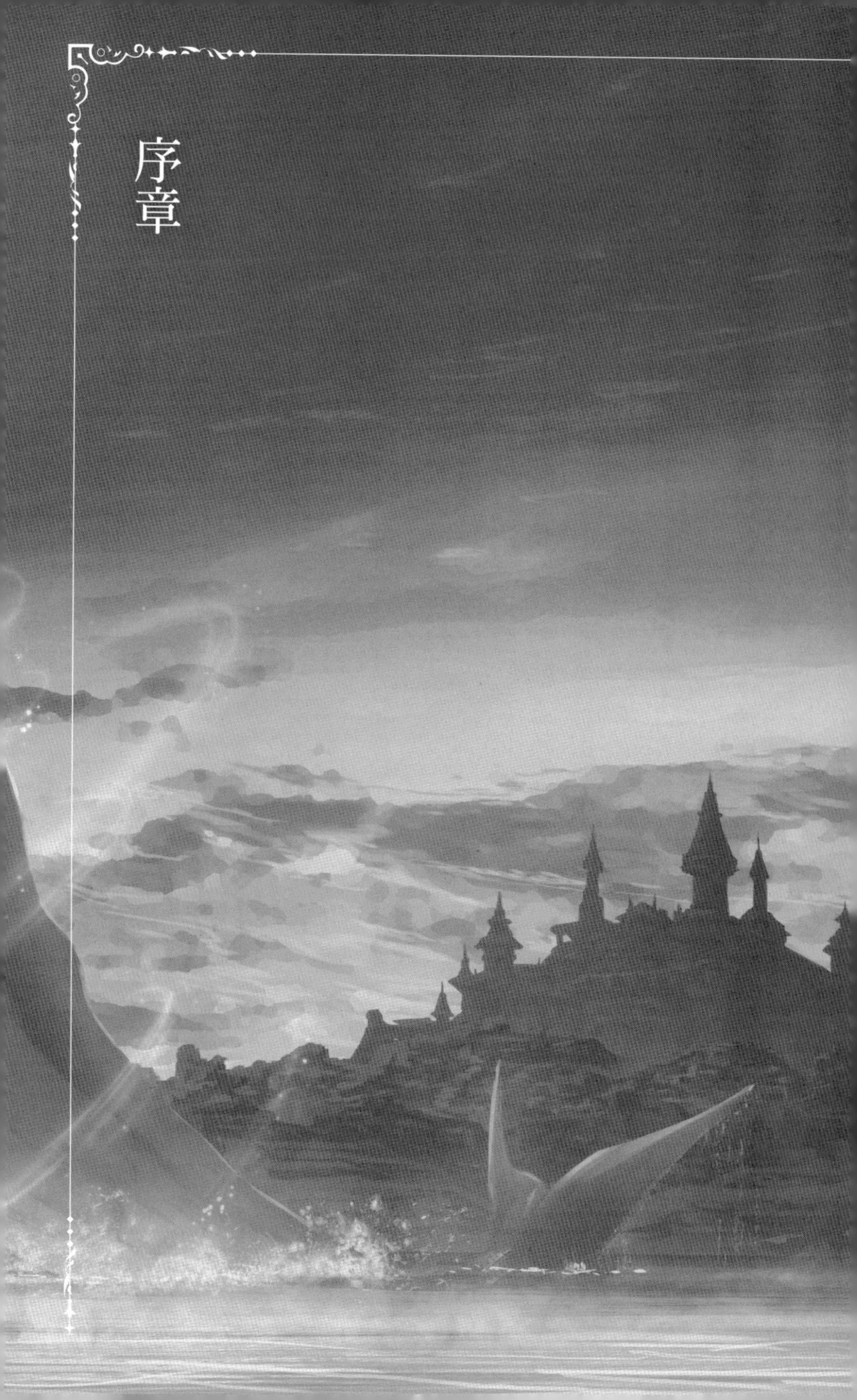

停下手，朝四面八方欣賞自己至此琢磨的物品。

這是至今重複無數次的每日必做工作，仔細觀察每個細節，確認有沒有哪裡還需要加以琢磨。

褐色、橘色、黑色的大理石花紋描繪出美麗的對比，不管從哪個角度看，那份光彩都令人百看不厭。

毫不扎手的滑順手感，只要想到這是長年琢磨的辛勞成果，連手臂的疲憊也成了舒服的成就感。

放在特別訂製的擺放檯，擺回自己房間的桌上後，感覺其存在感與其他物品完全不同。外表看似「長約一公尺的異形三根手指」的這個東西是他孩提時代，園藝師剪下來的樹枝。看在孩子眼中，這形狀與他知道的全世界差距甚遠。

在不多的知識當中，他的心被恐懼與欣羨兩種情緒控制。雖然園藝師老伯相當困擾，他還是纏著要那根樹枝，收為己物。

接著看書習得相關知識，慎重地削去不必要的部分，不停重複用銼刀琢磨，花費五年時間才終於完成現在形狀的雛型。

隨著他每天專心琢磨一次，表面原本明顯的木紋也開始呈現象牙般的光澤。

沾上特殊香液後再次琢磨，顏色也慢慢出現變化，接著出現大理石花紋。

雖然原本只是樹枝，對他來說，這是辛苦多年才得到的珍寶。

立場上沒辦法明說原本是什麼東西，但這也成為偶爾能拿給訪客欣賞的珍稀之物。

然而這也要第三者認同其稀罕才成立。

知道原本是樹枝的他心裡某處總有著「這不過是樹枝」的疙瘩。

為了減輕這種想法，他至今蒐集了許多罕見之物。

和專門服務貴族的骨董商建立關係，只要從商業公會聽見有從遺跡挖掘出的古物，他就會親自去看；只要聽到哪個平民的後代珍藏的遺物是古物，他就會使出卑劣手段強取。

如果只論這件事，他的執著已到拋棄人心的地步。

因此，社交圈也流出「他＝對古物的執著怨念」的傳言。

他所收集的有書籍、武器、雜貨等各種東西。

他在位於王都的宅邸蓋別院，把收藏的東西擺設其中，如美術館般對外開放。

比一般人更加警戒盜賊，還動用了魔法與私人軍隊來保護。

【古代魔法師殺害眾多的人所製作的魔導書】。

據說從封面到每一頁全以人皮製作的書。

不僅用祝聖過的皮繩重重綑綁，還收納在灌滿聖水的銀盒中。

似乎偶爾會有眼珠浮上封面，且會咒殺與其對上眼的人，但沒人知道其中真偽。

他有幾個自豪的收藏品，書籍類當屬這個了。

關於物品的傳言無法判定虛實，不過如果對他說出「請讓我看看內容」，他肯定會破口大罵。

【遭滅亡國家的騎士團長的頭盔】。

傳說要是不小心碰到就會被怨念控制，直到找出戰勝國的血緣者驅逐出境才會停歇。

但連過去七國時代是否為君王制都不清楚，戰敗國的說法根本不可信。

裝飾在室內的騎士鎧甲也有類似傳說。

聽見過的人說，真希望他別把東西擺在觸手可及的地方。

【漆黑血液變成淚痕般的東西沾黏其上的龍頭蓋骨】。

現今世界連存在都受到質疑的龍，據說在過去七國時代四處可見。

現在完全沒有留下任何相關紀錄的書物也是被懷疑存在的原因。

這個頭蓋骨就放在室內一角的地板上。

有著可以一口吞下小孩的大嘴，但根據骨頭專家說，這或許是隻幼龍。

雖然眾說紛紜，知道他蒐集了許多上述這些東西，也能理解他對這類東西有非比尋常的執著。

而他的下一個目標是古老的幌馬車。

物品本身並非古物，也沒有任何會讓他上心的奇怪由來。

但他所持的藏書中有與之相關的描述，因此被他看上。

上面寫著「裝上車輪的宅邸或城堡，不用拉車馬就能在各國間移動」。

正因為記得這段描述，當他從熟識的商人口中聽到謠言時，完全沒當成玩笑話。

「看似平民的母女坐在一台沒有馬的馬車上。」

聽到謠言後，他的反應相當迅速。

立刻調查馬車往哪裡去、在哪家商會購買，開始計劃要怎麼得手。

對他來說最大的不幸就是他完全不重視謠言的源頭。

只要仔細調查就會知道「平民母親」其實是冒險者，且這位人物跟大司祭有關聯，還與堺屋創立者關係密切。

對稀罕物品執著的他與想染指龍的財寶的愚者無異。

而他終究無從得知，對這東西出手只會有最糟糕的結局等著他。

第一章 村莊的日常、補給、旅途和危險的黑影

「呼～～我真的嚇出一身冷汗。」

「你疑心很重耶，就說了只是暫時改變外貌的魔法啊。」

經過一晚，外貌從醜陋的豬八戒變回原本帥氣模樣的斯卡魯格被叫來葵娜家一起共進早餐。

當然是他母親強迫他來。

葵娜突然冒出「不可以讓斯卡魯格被瑪雷路的旅店的美味餐點虜獲」的想法，臨時決定找他來吃早餐。

她只是想剷除「因為餐點好壞讓斯卡魯格帶著整個教會前來赴任」的可能性。

這類突然湧上的不安，只要她住在這個村莊一天就不可能消除吧。斯卡魯格等人絕對不可能抗拒葵娜這盞誘蛾燈的誘惑。

一起用餐的除了葵娜，只有露可。

平常在家長一句「吃飯要大家一起吃」令下，洛可希努和洛可希錄斯也會同桌進餐，但他們現在拿「有外賓」為由貫徹服侍工作。

是個讓人不禁歪頭想問「和平常相同的菜單（麵包、沙拉、湯和水果）有必要服侍嗎」的狀況。

感覺會當著斯卡魯格的面挑釁的洛可希努待在廚房；替大家添茶水，偶爾指導露可餐桌禮儀的洛可希錄斯隨侍在旁。

露可還不會積極說話，但已經慢慢能叫斯卡魯格「哥哥」，葵娜對這個變化感到喜悅。得意忘形的斯卡魯格差點要習慣性發動【美麗灑落的玫瑰(凡爾賽玫瑰)】，每每都朝葵娜溫和平靜的心情潑了一把冷水。

不用說，葵娜每次都狠瞪阻止他發動技能。

斯卡魯格也改不了長年養成的壞習慣，只能屈服在凶狠眼神下乾笑。

要是鬆懈，母親可能會和昨晚一樣對他擊出【咒裝術】。

如果又得變成豬八戒一晚，接下來的會談有可能會失敗。

若真演變成那樣，別說使者的工作，連他身為大司祭的顏面也全沒了。

「母親大人閣下，請您千萬別再將我變成那副模樣……」

「那你就別老是依賴技能，好好說話。如果要用在工作上，你想在哪裡怎樣用都無所謂，但你不這樣狂用技能就沒辦法和我說話嗎？」

「不，沒那回事。」

「兩百年丟著你們不管，我也沒資格說那種話，不過將來要嫁給你的人可辛苦了。」

看見葵娜扶額煩惱的樣子，斯卡魯格張開雙手，背後出現大片花海，接著在葵娜銳利的視線下立刻煙消霧散。

「……我失態了。」

看著斯卡魯格輕咳後道歉，葵娜認真感到頭痛。

兩成擔心「讓這種人成為王室成員，費爾斯凱洛不會滅亡嗎」，八成擔心「得駕馭他的梅伊麗奈到底得多費心」。

雖然還沒確定兩人會結婚，看到梅伊麗奈的樣子也可知她的初戀病已經病入膏肓。

事到如今，葵娜也不反對把這傢伙送出去，但如果想用戀愛結婚的形式，斯卡魯格這個大缺點應該會成為一堵高牆。

「母親大人閣下。」

「幹嘛啊？」

斯卡魯格用完餐，拿餐巾擦嘴露出認真的表情。

光這個動作，就能讓沒有抗體的女性眼冒愛心，歡喜尖叫吧。但如字面所述，這張帥氣臉蛋對創造者葵娜起不了作用。

「您剛剛提到『嫁給我』，是想介紹什麼人給我嗎？」

「……我很猶豫。」

「為～～什麼需要猶豫！如果母親大人閣下願意為我介紹，我斯卡魯格！絕對發誓會全心全意愛對方、保護對方！」

斯卡魯格起身手擺胸口，視線直直看著不知何處的遠方，背景開滿盛開的白玫瑰。

然而他接著遭受洛可希努全力揮過來的托盤攻擊臉部，被打飛撞上牆壁擊垮。

還發出「鏘乓」這樣好聽的聲音。

「斯卡魯格少爺，小姐會害怕，還請您收斂跟喜劇演員沒兩樣的動作。」

「……！」

「小希的行動才是讓露可害怕的主因吧？」

洛可希努指尖轉著出現人臉凹陷的托盤。

露可看著哥哥上一秒還在的地方，接著看到貼在牆壁上的他，一句話也說不出口。

洛可希錄斯站在露可背後默默點頭。

葵娜對自己開始習慣吵吵鬧鬧揭開一天序幕感到恐懼，扶額嘆氣。

「那麼母親大人閣下，我出發了。」

「好啦好啦，我想你應該沒問題，還是要路上小心喔。」

「嗯嗯，這是當然，不能讓母親大人閣下看見我獨當一面的樣子真的很遺憾。」

「哪個世界會有媽媽跟在一旁前往會談的使者啦……」

回應葵娜叮嚀的不只有斯卡魯格，還有護衛騎士們手拍胸口鎧甲發出的鏗鏘聲，彷彿在主張「路途安全就交給我們」。

他們似乎和閃靈賽巴率領的部隊並非同一團人，沒聽見「騎士團長未婚妻」之類的發言讓葵娜鬆了一口氣。

吃完早餐用魔法替自己恢復後，斯卡魯格表示當天就要出發前往國境。

一台閃閃發亮強烈主張自我存在的豪華馬車，以及三台跟隨在旁的普通馬車。使節團由斯卡魯格、十位騎士、四位文官以及幾位隨從等人員組成。

原本應該再多派一些人充場面，但因為大司祭親自前往而壓低必須經費，也就是外表看起來普通，內容卻相當豪華。

葵娜對兒子口無遮攔說出使節團內情感到危機，卻也知道他是信任葵娜，葵娜就忍著不唸他。

洛可希錄斯代替葵娜吐槽：「就算是家人，這應該也算洩漏機密吧？」結果難得看見斯卡魯格驚惶失措的一面。

「對了，梅梅很想見露可一面，如果不是陛下直接指名，她應該會率先說要來吧。」

「啊～～這樣啊，斯卡魯格，謝謝你。說的也是，也該讓梅梅見一面才行。」

「不用謝。那麼母親大人閣下，改天有機會再見面，露可也多保重。」

斯卡魯格離去前留下一句話，背對大家揮揮手後坐上馬車。

葵娜溫柔地目送，直到看不見使節團後才雙手環胸低語：

「是不是有些排擠她了啊？」

只要梅梅還從事得時時刻刻待在學院的工作，就沒什麼機會讓住在村裡不外出的露可和她見面吧。如果她動彈不得，就只能由這邊主動了。

葵娜原本覺得才在村莊裡定居沒幾天，這樣跑來跑去是不是不好，但也想著下次去買東西時帶露可一起去好了。

自從孩子們離家出走事件發生後，葵娜就改叫「露可妹妹」為「露可」。

這是因為洛可希努對她說：「都成為家人了，還像暫時收留別人家孩子的叫法，這樣是不是不好呢？」

哎，實際上花了很長一段時間才終於喊出口。

整整思考大半天的葵娜猶豫著到底該不該拿掉稱謂，看不下去的洛可希錄斯直接拉著葵娜到露可面前。

「那個啊……」

「……嗯。」

「露可、妹妹啊……」

「……嗯。」

「我可以……叫妳……露可……嗎？」

「……嗯！」

葵娜緊抱住張大眼睛露出燦爛笑容的露可。在後面看見這一幕的洛可希錄斯與洛可希努眼神死，全身無力跪倒在地。

從面對面到說出這句話整整花了兩小時，還真是皇帝不急，急死太監。

差不多習慣村莊日常生活的葵娜決定著手慢慢將村莊改造成離線時據點的樣子。

當然她沒有忘記先取得村長以及瑪雷路等人的同意才展開行動。

首先在抵禦外敵的政策上，改良隔開村莊內外的柵欄。

柵欄上施有這世界獨有的法術「咒語」，可以抵抗一定程度的魔獸入侵。

葵娜就從整理柵欄外側的土地讓視野變遼闊開始。

不過如果她親手來做，就會直接遭受草木的尖叫攻擊，所以砍伐等工作就交給洛可希錄斯。

據目擊的村民表示，他不加思索俐落割草的樣子彷彿被打掃附身的惡魔。

整平凹凸不平的地面就是【地精靈】的工作。

高五公尺的西洋棋士兵像在棋盤上行走，只是經過就把樹根拔除，讓滿是坑洞的地面變得平坦。

葵娜用【技術技能(Craft skill)】將砍倒的大量樹木變為柴薪，平均分配給村莊每戶人家。

現在村莊人口比全盛期更少，村長表示就算擴大村莊面積也只是閒置不用，於是放棄擴大面積。

加上如果沒有管理這一帶的貴族允許，就沒辦法擴大耕作面積。

「哎呀呀，姑且算是某個貴族的領地啊……」

「是啊，對方也不是滿口規矩的囉唆貴族，要不要我去問問看？」

「哦～～是叫什麼名字的貴族啊？」

「哈維男爵家。」

「……什麼？」

在哪聽過的姓氏讓葵娜張大嘴。

如果沒聽錯，哈維應該是梅梅丈夫羅伯斯的姓氏吧。

女兒的夫家感覺可以輕易前往拜訪，但一介冒險者應該不好插嘴貴族的管理工作。

葵娜後悔著開口詳問，判斷把這件事交給村長交涉，她乖乖等結果比較好。

還有如果又出現前幾天那些巨魔，「咒語」的效力可能無從阻止，所以葵娜又另外配置了警備的東西。

在柵欄外整平的地面，以數十公尺為間隔插入石樁。

接著在石樁上設置滴水嘴獸，也稍微改變其外型。

一般滴水嘴獸外表像長著蝙蝠翅膀的小鬼。

在里亞德錄中，這類魔偶類的使役物可以自由改變外型。

葵娜設置了有雪兔外貌的滴水嘴獸。

那和把白雪捏成半圓形，用竹葉當耳朵、用紅色小樹果當眼睛就完成的東西沒兩樣。

葵娜把魔韻石裝在裡面，只要不動就會自動累積啟動用的MP，如此一來，她便能省下每次來填充啟動用MP的功夫。

從外表來看人畜無害，說是石樁上的裝飾品也不會有人懷疑吧。只要啟動，也強大得輕而易舉就能凌駕在棲息當地的巨魔之上。

外圍簡直與堅固要塞的防禦一樣，在旁幫忙的洛可希錄斯也只能苦笑。

「葵娜大人，這是不是有點過頭了呢？」

「沒關係啦，這是人命輕微的世界，防禦越牢固越好。」

葵娜雙手扠腰驕傲地抬頭挺胸，妖精妹妹也心滿意足地在她頭上擺出相同姿勢。

似乎是全面贊同葵娜的主張，但誰也看不見這點讓人替她難過。

「而且這樣一來，就能替你減少一項工作了吧。」

「事情太少也讓人感覺工作起來沒什麼成就感……」

巡視村莊外圍，排除危險魔獸也是洛可希錄斯的工作之一。

這是在葵娜沒有插手時，洛可希錄斯和洛可希努商量，分攤工作後的結果。

家裡的事由洛可希努負責，家以外和村莊相關的事情就由洛可希錄斯負責。

「公眾澡堂的清掃工作現在仍是受罰的孩子在做，而且洛可斯也有去幫忙。」

「是這樣沒錯。」

洛可希努在此現身。

她稍微和洛可希錄斯互瞪後，重新面對葵娜。

「葵娜大人，我有點事情想拜託您。」

「嗯，什麼事？」

「……一般來說，有哪個主人會這麼隨便答應傭人的請求啊？」

突然聽見傻眼的回應，葵娜不禁苦笑。

「日常生活雜事全交給你們兩個，如果你們的請求可以讓生活更舒適，我什麼都聽、什麼都幫忙。」

聽到這，感情惡劣的洛可希錄斯和洛可希努也面對面聳肩，彼此低語：「沒救了。」

「理想的主子也有個極限啊。」

「我不清楚生活是否會變得更舒適，這次想拜託您暫時別再補給了，我想試著估算靠現在的儲備糧食可以撐多久。」

「是嗎？那拜託妳了。這樣的話，也別使用【料理技能（Cooking skill）】比較好吧。」

「是的，麻煩您了。」

洛可希努輕輕點頭後，又走回家裡。

「然後剛剛在說什麼？」

「提到我們的工作。原本最好是葵娜大人碰到事情都能給我們命令。」

「拜託洛可斯的工作啊……？」

葵娜「嗯～～嗯～～」地思考著，總之先說要建倉庫。

原本預定要請村民蓋。

如果有空閒人手，拜託他們就好了。

就算需要管理濕度與溫度，只要用魔韻石就能解決，所以也不需要每個都建地下室。

「你想嘛，晚上或下雨天需要有讓山羊休息的房舍，另外，啤酒桶收在道具箱裡是沒關係，但威士忌聽說放越久越好喝，所以也需要有擺放的地方啊。」

這些全都是奇奇的提議，但身為「服侍起來很有成就感的主人」，葵娜認為也需要給他們一些工作。

至於說到雞該怎麼辦，就任牠們在村莊裡隨意走的放養狀態。

瑪雷路說需要蛋的時候只要到村莊草木茂密處找就能找到。

只不過村民不太在意雞蛋新不新鮮，偶爾會有人吃壞肚子，奇奇說必須盡早教會大家分辨的方法才行。

「我明白了，請交給我。」

得到工作的洛可希錄斯滿臉笑意地恭敬鞠躬，當天立刻展開行動。

洛可希錄斯的技能多為戰鬥類技能，所以幾乎全靠手工作業。

他沒有葵娜那種只要準備好材料，用【技術技能】的【建築：住宅】就能迅速蓋出房子的技能。

葵娜心想或許有辦法學會新的技能而製作卷軸給他，但卷軸絲毫沒有反應。
他只好從設計開始，拿木工工具加工木材，打好地基後往上建造。
葵娜也沒打算全部交給他一個人，所以做出魔偶幫忙搬東西和高處的建築工作。
在村莊正中央開始蓋東西，怎樣都會被其他人看見。
三不五時會有村民說著正好有空來幫忙，因此比預期更早完成。
完成了一個雙層樓建築的倉庫，二樓的面積不大。
一樓一半是動物的房舍，兩頭山羊就是極限了吧。
從二樓到一樓的另外一半，沿著牆壁設置著木製軌道，建築物的寬度與酒桶的長度差不多，可以把酒桶橫倒滾動。
只要在二樓擺放酒桶，把酒桶放在斜向交錯的軌道上滾動，最後就能在一樓拿到酒桶。
「葵娜大人，這樣看起來如何呢？」
「總覺得這構造看起來好像某個大猩猩丟東西的遊戲耶……」
「什麼？」
先不理心滿意足的洛可希錄斯，這似曾相識的設計讓葵娜不禁苦笑。
即使如此，為了慶祝落成，葵娜請來幫忙的村民們喝威士忌。
不用多久，就發展成酒醉的男人被洛可希錄斯抓住的混亂飲酒聚會。
兄弟或妻子前來迎接大白天就喝醉酒的男人，就讓他們接回家了。

看見隔天沒有宿醉跡象，一如往常執行管家工作的洛可希錄斯，葵娜覺得這孩子前途不可限量。

至於洛可希努這段時間在做什麼，她家事方面的熟練度正慢慢提升。

首先，她開始不依賴材料成本極高的【料理技能】，這正如葵娜所交代的。

接著她請教村莊裡的主婦們，學習一般的料理方法。

知道洛可希努個性的葵娜和洛可希錄斯也被這件事嚇一大跳。

「你們在說什麼沒志氣的話，接下來要在這個村莊生活，當然就不能讓小姐學會奢侈生活。為了養育露可小姐，引導她成長，我們也要學會一般水準的事情。」

「這個意見超正經耶！」

「為什麼要這麼驚訝？這是葵娜大人說的吧。」

她確實說過「希望露可自由長大」，但她完全沒想到洛可希努會想到那麼遠。

到這時，葵娜才對養育露可這件事重新繃起神經。

先把這件事放一邊，還有其他在意的事情。

「你怎麼想？」

葵娜用手肘頂身旁的洛可希錄斯。

「可能性很低，但我無法消除不對勁的感覺。」

他邊垂下視線邊點頭，在意著另一頭的洛可希努。

Jason Blade
慘劇之夜。

該怎麼說，身為知道洛可希努至今言行的人，無法認為那和眼前的她是同一個人物。

葵娜從道具箱拿出召喚他們的搖鈴，輕輕搖晃。

「再搖一次，會不會真的就出來了啊？」

「或許那位也是假的……」

「那就傷腦筋了耶。」

「你們在說什麼？」

葵娜和洛可希錄斯沉思之時，洛可希努擠進來插嘴。

「沒有啦，因為妳的虐待狂言行完全靜音，我們懷疑妳是假的。」

「啊？」

洛可希努的太陽穴冒出一條條青筋，葵娜有種不好的預感，偷偷遠離一步。

抬頭看上方深思的洛可希錄斯還沒發現這件事。

「那隻比流氓還流氓的臭貓，我不相信她有這麼容易改變個——！」

洛可希錄斯交雜低俗用語的低語還沒講完就被響亮的「嘎嘰嘰嘰嘰」金屬聲打斷。

因為洛可希努拿出武器動用武力，而她的攻擊被洛可希錄斯擋下。

洛可希錄斯的武器是隨處可見的單手劍，洛可希努的武器是柴刀，而且還是稀有武器

因為她說想要類似柴刀的武器，葵娜就把自己用不到的這個給她，但葵娜也沒想到她會

這麼快就用來攻擊同事。

「看來我們該決一勝負的時間終於到了！」

「喂喂！拿出擅長的武器不值得誇讚耶！」

鏗鏗、鏘鏘，在兩人之間交錯的劍與柴刀發出聲響。

雖然擁有的技能不同，兩人的力量相差無幾，互不相讓。

都要他們好好相處了，還是會因為一句話發展成打鬥，這點和遊戲時代完全相同。

這次葵娜也自省玩笑有點開過頭了。

雙方維持刀劍相抵的狀態不動，這還算是溫和。

正當葵娜打算在他們認真地刀劍相向之前阻止時，背後便傳來了沙啞的聲音：「這是怎樣……？」

「咦，蜜咪麗，怎麼了嗎？」

葵娜轉過頭，只見坐在長腳浴缸裡的人魚蜜咪麗嚇得目瞪口呆。

「怎麼了……我比較想問這句話吧？」

一臉恐怖表情拿著劍和柴刀對峙的管家和女僕。對不知兩人生態的人來說，或許是相當衝擊的畫面吧。

「他們意見有點相左啦。」

「只是意見相左就要拿刀互砍嗎？」

看見葵娜聳肩彷彿表示「這稀鬆平常」，蜜咪麗感到頭痛。任誰來看這都是流血衝突的危險場面啊。

而不在乎地看著這一幕的葵娜看在蜜咪麗眼中也是無比異常。

第一次見到葵娜時就覺得葵娜偶爾會讓人感覺她的認知很不尋常。

「果然還是要偶爾像這樣，讓他們發洩一下精力才行。」

「問題在那嗎？」

蜜咪麗顫抖的手指指著眼前的殺戮場面，葵娜苦笑著拍手。

與其說勸架，看起來更像是在餵鯉魚飼料，這是錯覺嗎？

「好了好了，你們兩個，觀眾都不知所措了，今天就先到這邊吧。」

「唔！」

「！」

葵娜不讓蜜咪麗察覺絲毫，施放威嚇準確朝洛可希錄斯與洛可希努攻擊。

兩人慌慌張張地收起武器端正姿勢，葵娜朝他們拋出令人背脊發涼的微笑。

那也只出現在蜜咪麗轉過來前的一瞬間。

「「相、相當不好意思。」」

「嗯嗯，就算露可不在也不可以吵架喔。」

上一秒殺氣騰騰的氣氛煙消雲散，兩人莫名誠惶誠恐的態度讓蜜咪麗不解。

這是和兩人交情不深的蜜咪麗無法理解的事情，但她不會過度介入別人的家務事，這也是因為她突然覺得管家和女僕很恐怖。

「妳特地從澡堂來這邊，是有什麼事嗎？」

「啊，嗯，我是來拿麵包的。」

「麵包？」

葵娜不解地歪頭。

她知道麵包是什麼，但蜜咪麗突然說要來拿麵包，她搞不清楚到底是怎麼一回事。

蜜咪麗現在很平常地吃下旅店提供的餐點，不過走到這一步可是費了不少工夫。

一開始沒人知道人魚的生態，村長和瑪雷路接下葵娜拜託照顧蜜咪麗的請託後，也煩惱了一陣子才明白人魚生態。

聽說他們一開始還覺得沒什麼，想著人魚一半也是人類，端出旅店的餐點給她就好了。

沒想到竟然會有人看見蔬菜湯就白了一張臉往後摔倒。

一問之下才知道蜜咪麗居住的聚落以海草、海藻為主食。

他們不把魚類當食物，但是會吃貝類。

聽她說完，瑪雷路開始以葉菜類為主來煮蔬菜湯，採取讓她慢慢習慣的作戰方法，最終獲得她的信賴。

等到一切安定下來再見面時，瑪雷路也對葵娜抱怨了不少。

從發生過以上事情的蜜咪麗口中聽見「麵包」，葵娜也很困惑。

葵娜最近到處奔走尋找能為村莊做些什麼，因此對蜜咪麗有所疏忽，便感到些許尷尬。

聽見麵包後，洛可希努回答：「噢，對了。」

洛可希努先進屋一趟，接著手拿用布覆蓋著的竹籃現身，催促蜜咪麗：「那麼，我們走吧。」

好奇的葵娜選擇和她們同行，洛可希錄斯則是選擇留在家裡。

她們的目的地是公眾澡堂附近的另一間空屋。

那裡有好幾位村莊的婦女，和洛可希努一樣手上拿著用布覆蓋的竹籃或盤子等待。

「哎呀，葵娜妳也來了啊？」

「還真少見耶，妳今天要來幫忙嗎？」

「那個，這是什麼聚會啊？」

雖然她們這麼說，葵娜根本搞不清楚狀況也不知該怎麼回答。

正當葵娜感到困惑時，好幾個人拉開布讓她看裡面的東西。那裡有好幾個掌心大的白圓物體。

「我們要烤這個，妳不知道嗎？」

葵娜搜索腦中記憶也不記得見過這東西。

看來似乎是洛可希努利用空房子，自己單獨舉辦了什麼活動。室內擺放好幾台類似用來烤比薩的窯烤爐。

至此，葵娜終於理解這是要拿來做什麼的了。

還記得她臥床不起時，在電視節目上看過好幾次料理的畫面。

「妳們有烤麵包嗎？」

「正確來說是教她們製作麵糰，然後一起烤，窯烤爐是請拉克斯大人做的。」

葵娜問洛可希努，她淡淡地回答。

村莊各家庭做的麵包是微鹹偏硬的黑麵包，沾濃湯或熱湯一起吃，剛好可以軟得恰到好處。

而葵娜家是用技能製作，口感柔軟的麵包卷。

之前拿出來和大家分享，以瑪雷路為首的村莊婦女們睜大眼睛，受到極大衝擊，大聲讚賞：「彷彿是貴族大人吃的東西啊。」

而洛可希努似乎成功從村外採集的果實做出酵母。關於這點，她說是「在遊戲中從外部硬碟得到的知識」。

雖然問過：「妳是怎麼做到這件事的？」然而她本人也不是很清楚。

她表示就是感覺大腦內有個可以找出某種程度知識的資料庫之類的東西。

「問當事人不清楚的事也無法給出明確答案，這種事思考下去只會讓自己偏頭痛。」

「理智的決定。」

當對方如此回應放棄思考的理由時，就會不知道該擺出什麼表情。

葵娜不禁想自己該不會是故意要讓女僕嗆自己吧，對象是洛可希努的話，這種可能性極高。

話雖如此，她願意主動幫忙提升村莊的糧食狀況令人喜悅。

就葵娜所知，洛可希努除了家人以外毫無興趣，她的行為變化讓人很驚訝。

因為窯烤需要燒柴，便決定一次烤一批。

現在這個季節還沒有太大的影響，但到了冬天就得節約使用柴薪。與其大家分開烤，聚在一起烤的效率更高。

「只要葵娜大人也在，就不需要使用柴薪了呢。」

「我還想妳怎麼沒對我同行多說什麼，原來是滿心希望我負責提供火力啊。」

「我不否認。」

「這、這可惡的女僕……」

看她大方承認的模樣，似乎是預謀犯罪。

蜜咪麗也接受拿食物來支付洗衣費用，就搭便車來向大家分麵包。

葵娜心不甘情不願地召喚出烤爐數量的【炎精靈】，照洛可希努指示調整火力。

只不過，【炎精靈】在窯下方的洞穴裡又是做出單手舉高的姿勢，又是做出某個格鬥英雄般的帥氣姿勢發火的模樣，還真是相當奇怪的畫面。

而且還是拿來烤麵包，完全搞錯精靈的使用方法了。

之所以不拿魔韻石代用，是因為沒辦法細微地調節火力，而且魔韻石太小，馬上會耗光魔力。

「奧普斯看見肯定會大爆笑。」

『或許……是如此呢。』

奇奇回應葵娜獨語的語氣也帶著些許傻眼。

最先嘗試在村莊裡生活半個月不外出，果然開始出現不夠的東西。

這部分和洛可希努估算的差不多。

消耗最多的就是飲食相關的東西。

例如調味料、用於麵包等主食的麵粉等等。

葵娜家在村莊裡沒有田地，麵粉無法自給自足。

只有飲食的話，最終手段也是可以去瑪雷路那裡吃，但這會讓洛可希努心情不好。

蔬菜部分，相當受村莊婦女們歡迎的洛可希錄斯稍微幫忙一下就能以勞力換取分享的蔬菜，所以沒有問題。

肉是靠獵人洛德魯獵來的獵物，整個村莊均分。

還有洛可希努去採野莓或山菜時順手打死的動物。

再來是衣服部分。
蓋好房子之後，製作了大量布製品。
因為葵娜本人也不清楚日常生活需要哪些東西，一開始購買的分量根本不夠用。
照著洛可希努「這邊希望有窗簾」、「這邊鋪地毯比較好」的要求去做，布料一下子就消耗殆盡。
而且露可也會拿布練習裁縫，用量特別大。
如果只拿來加工，運用的層面就很廣，但那得先要有材料。
就算技能無敵，巧婦也難為無米之炊。
「嗯～～還是得去費爾斯凱洛或是黑魯修沛盧買才行啊。」
如果要向堺屋訂購東西，可以透過拉克斯工務店直接取得聯繫。
但要等十天以上才能等到物資抵達。
「這麼說來，應該也需要山羊的飼料吧。」
「這部分請放心，村民說只要不動到田裡的作物，讓牠們吃村莊裡的雜草就好了。應該只有在不能放牧時需要餵乾草。」
「我……會帶，山羊……散步……」
山羊是打算養來擠奶用。
洛可希錄斯已經問村民該怎麼養了。

露可聽到後，自告奮勇要幫忙照顧。

「我不就沒工作了？」

「葵娜大人的雜事就是我們的工作。」

「葵娜大人的首要任務應該是尋找奧普斯大人吧？」

「……說的也是，但那傢伙真的在這裡嗎？」

奧普斯連在不在這都很可疑，而妖精妹妹是尋找他在哪的關鍵……葵娜這麼認為。

為此就需要和妖精妹妹溝通，但至今仍不知溝通方法。

從葵娜髮間現身的妖精妹妹嫣然一笑。

只有玩家可以看見她的身影也是葵娜的煩惱之一。

「妖精妹妹的存在也充滿謎團耶。」

葵娜看著在她身邊開心地飛來飛去的妖精妹妹。

身長只有二十公分左右，不超出葵娜掌心大小。

淡綠色長髮、藍色眼睛，背上的四片甚至可清楚看見對向景色的透明翅膀也是淡綠色。

從長相來看，換算成人類大約是十到十二歲的女孩。

她住在葵娜的頭髮裡面，偶爾出來也大多滿臉笑容。

似乎可以碰觸葵娜和玩家，除此之外的所有東西都能穿透。

對聲音很敏感，突如其來的聲音和巨大聲響都會讓她立刻躲起來。

不需要吃東西，每天早上都在餐桌上滿臉笑容看著大家吃飯。
似乎也不受強風影響，毫無困難地坐在葵娜的肩膀上。
因為覺得奧普斯可能有替她取名字，葵娜就叫她「妖精妹妹」。
當葵娜使用技能或魔法時，會發出淡淡的燐光，或許和這部分的系統有所關聯。
「不對，這絕對有關係吧。」
孔拉爾提到的系統變化，似乎正好就在葵娜遇見「妖精妹妹」之後發生。
而且她在葵娜發動【獨特技能（Extra skill）：天啟】時的舉動也很奇怪。
彷彿這技能沒有她就沒辦法啟動。
奧普斯在遊戲中的舉動讓人懷疑他或許是營運商所屬的玩家，但葵娜沒向本人確認這方面的事情。
「妖精妹妹該不會是奧普斯故意留下來，和系統相關的什麼吧？」
總覺得有種突然離真相超遠的感覺。
這也是因為「妖精妹妹」在葵娜面前鼓起雙頰。
「哼～～」地別過頭去，坐在葵娜肩膀上的「妖精妹妹」。
似乎惹她不開心了。
變成這樣之後就只能不停和她說話、摸她的頭，不斷道歉。
當「妖精妹妹」心情好轉又開心地飛來飛去時，葵娜精神無比疲憊，只能癱在自己房間的床上。

接著聽見「叩叩」的敲門聲，葵娜懶洋洋地坐起身。

「請進。」

從開啟的門後探出頭的人是露可。

她走進房間，立刻跑到葵娜身邊。

「葵、娜……媽媽。」

「怎麼啦，露可？」

葵娜把抱住她的腳的露可抱起來，享受孩子溫暖的體溫。被葵娜抱在懷中的露可開口問：「妳剛、剛……在和誰……說、話？」

似乎是在房外也能聽見葵娜向「妖精妹妹」道歉的聲音。

葵娜思考一會兒後，放開露可，讓她坐在身邊。

「那個啊，我之前應該和妳說過，我可以看見一個妖精。」

「嗯。」

「我惹那個妖精生氣了，所以剛剛一直在和她道歉。」

「嗯……？」

露可似乎聽不太懂。

因為她看不見，要相信看不見的東西是件難事。

如果像哪個童話故事一樣，只有小孩可以看見妖精，那立場就反過來了吧。

「妖、精……生、氣起來，很、恐怖嗎？」

葵娜稍微思考該怎麼回答。

這時候回答「她會很刁難人喔」比較輕鬆，但如果因為這樣又惹「妖精妹妹」不開心，只會繼續累積疲憊。

「這個嘛，她會在我睡覺時拉我頭髮，吃飯時不讓我拿叉子，在我看書時坐在書上之類的吧。」

葵娜窺探飛舞的「妖精妹妹」的反應，一邊慎選遣詞用字。

她輕輕坐在露可頭上直盯著葵娜，讓人滿緊張的。

剛才舉出的例子都還只是一點惡作劇。

有時候還會讓葵娜使出魔法時朝奇怪的方向飛過去，葵娜真心希望她別這樣做。

因為露可露出悲傷的表情，葵娜說著「沒事啦」摸摸她的頭。

接下來又說「妳看著喔」施展【幻影魔法】。

小小燐光從四面八方湊上來，在露可面前凝聚。

那漸漸聚集成人型，最後變成清晰的模樣，另外一個「妖精妹妹」就此誕生。

這是本人的複製品，所以尺寸也相同。

因為是幻影，沒辦法碰觸，但應該可以讓露可認識「妖精妹妹」。

露可睜大眼睛一會兒，冷靜下來後伸手想摸「妖精妹妹」，但她的手直接穿透過去。
「啊，對不起喔，露可，這是畫，沒辦法摸。」
「這就、是……妖、精？」
這參考了妖精妹妹飛翔的樣子，所以是她展開翅膀張開雙手的模樣。
本人就在旁邊開心地擺出相同姿勢。
這畫面讓葵娜莞爾一笑，露可不解地歪頭。
「一模一樣的妖精總是在我身邊飛翔，她本人現在就在畫的旁邊擺出相同姿勢。」
葵娜說完，露可看著幻影做出來的複製品，又看了旁邊空無一物的空間嘻嘻笑。
「將、來……讓我、看、看……本人、喔……」
「說的是啊，將來有一天讓妳看看本人。」
這天，葵娜和露可開心地聊天到睡前，晚上也一起睡。
隔天，露可問她有沒有方法把幻影的「妖精妹妹」保留下來。
「嗯～～應該有辦法，妳要幹嘛啊？」
「要、請……拉德、姆……刻一、個。」
葵娜也只能同情似乎會被提出無理要求的拉德姆了，加油啊！
葵娜支持他，但不會幫忙。
葵娜利用製作複製品的【複製】技能把幻影印刷在紙上交給露可。

「請他刻一個或許是個好主意呢，露可也要幫忙喔。」

「嗯！」

精神飽滿地回答的露可相當迫不及待。

她應該想馬上邀莉朵一起去，但早上很難讓莉朵、露可和拉德姆全員到齊。

葵娜用餐後，對洛可希錄斯與洛可希努下命令。

「總之，家裡的事情就交給你們，可別吵太凶啊。」

「狀況再糟，也能在村莊周遭尋找食物。」

「應該全都是肉就是了啦。」

艾利涅的商隊基本上一個月會來村莊一次。

葵娜移居時沒有考慮到這一點，所以她儲備的物資相當不均衡。

洛可希努和洛可希錄斯似乎已經預測到這事態，難得看見他們認真討論。

「比預想的還要快耶。」

「應該不至於不夠，我們家的水和火可以用魔法供給，燃料消耗量比其他家庭少。」

「最大的問題應該是食材的使用方法吧。」

「確實如此，因為我們照葵娜大人的習慣吃三餐。」

「把早餐加午餐壓到一・三餐左右的分量比較好吧。」

「說的也是，比例大概九比四較妥當。」

「這個方法不錯耶，那就是我們女性群九，野貓四啊。」

「妳這傢伙該減肥了吧？差不多也快跳不上圍牆了。」

「喵～～！」

「哼～～！」

才剛提醒完，他們倆就跟呼吸一樣自然地吵起來。這真的只能說是本性了，才別開眼就這樣。

葵娜開始感到頭痛時，露可擠到兩人之間，在發展成互毆前阻止他們。

「真是好孩子啊……」感動的葵娜會摸摸露可的頭誇獎她，以上流程通常成套出現。

「妳要、出門……？」

「是啊～～也得讓露可和梅梅見面才行。」

「梅……是誰？」

「我的女兒，是妳的姊姊喔～～」

葵娜在倉庫二樓，一邊把威士忌酒桶放上軌道一邊思考。

如果只要上下樓，這個家裡的人都會【跳躍】技能，不需要梯子。

這次因為露可很好奇，葵娜就抱著她跳上來。

露可開心地看著酒桶在軌道上「叩咚叩咚」滾動的樣子。

倉庫內部四處設置魔韻石，能維持溫、溼度恆定。

設置這些數值的人是記得方法的奇奇。

但奇奇本人只能出一張嘴，實際操作的還是葵娜。

「好，今天的工作做完了。」

葵娜抱著露可輕巧地跳下樓。

妖精妹妹在葵娜頭上做出「努力工作一番了～～」的拭汗動作。

這村莊裡最閒的人應該就是妖精妹妹，第二名是葵娜。

露可落地後說著：「我、要去……幫、小希。」跑回家。露可現在講起話來仍然結結巴巴，也沒辦法好好說出洛可希錄斯與洛可希努的名字，所以他們兩人都對露可說只叫其中一個字就好。

所以露可叫洛可希努「小希」，叫洛可希錄斯「小錄」。

她最先幫忙負責家事的洛可希努。

頂多只有拿來罰孩子工作的打掃澡堂才會和洛可希錄斯一起行動。

葵娜思考著「接下來該做什麼好呢」時，聽見有人進入村莊的喧鬧聲。

馬匹嘶叫聲與許多粗野腳步聲；馬車車輪輾壓大地的聲音；突然出現大批人潮的喧鬧聲。只要習慣，就算距離遙遠也能知道「熟識的人來了」的存在感。

那是定期造訪村莊的艾利涅商隊。

閒得發慌的葵娜想著正好，就朝那個方向前進。

一如往常在村莊入口廣場，商隊夥伴們正在下行李，並搭建簡易店鋪。

消息靈通的村民早已抵達，滿心期待店鋪快點開門。

葵娜向認識的人稍微打招呼後，開始到處看。

立刻找到目標艾利涅。

他和商隊夥伴以及阿比塔在一起，待在停放馬車的一角談笑。

「艾利涅先生，你好。」

「哎呀，葵娜閣下，久疏問候了呢。」

「喲，小姑娘。」

葵娜舉起手走近，兩人滿臉笑容地迎接她。

「對了對了，堺屋託我們把山羊和雞送過來給妳，負責的人已經送去妳家了喔。」

「這樣啊，謝謝你。」

「不謝不謝，我們是做生意的，也有收運費啊。送給葵娜閣下的東西價格比行情高，讓我們小賺一筆呢。」

看艾利涅掩不住喜悅的笑容，凱利克應該另外加價不少吧。

聽到運費不包含山羊和雞本身的價格後，葵娜擺出不悅的表情。

「他還對我說『不會因為那點小錢倒閉』，但完全沒賺錢的打算也很傷腦筋耶。」

「哎呀，應該是孫子要孝順奶奶啦，妳就開心收下吧。」

「……」

就在阿比塔叫葵娜「奶奶」的瞬間，周遭氣溫驟降。

旁邊的艾利涅及副團長連忙遠離阿比塔，他身邊出現彷彿沐浴在聚光燈下的空白地帶。

「不好意思，阿比塔先生，你剛剛說什麼？」

「等等等等等等！妳冷靜點！總之先把那個收起來！只是措辭問題啦！對不起不好意思我不會再說了原諒我啊！」

不知何時，阿比塔已經被困在如鏡面般光亮的冰壁裡。

明明是個陽光普照的溫暖日子，只是這樣就化為酷寒牢房，阿比塔焦急地幾乎尖叫著不停道歉。

葵娜也只是想給他一點教訓，所以立刻釋放他。

副團長對鬆了口氣的阿比塔抱怨：「所以我平常就要你別不經大腦就說話啊。」

對遭逢這種對待的人來說，身處根本無暇思考逃跑的窮途末路狀態，只能對葵娜真正的實力感到無比恐懼。

才對回到溫暖日光下鬆一口氣，遲了一步的追擊襲擊阿比塔。

「真是拿團長沒辦法，竟然對女性說出關於年齡的話題，就算被人從背後捅也不能有怨言啊。」

副團長如此說著，手上握著短劍。

阿比塔不禁全身僵硬白了一張臉，副團長滿臉笑容說「開玩笑的啦」，但他手上仍拿著短劍。

先把拿團長來玩消解日常壓力的副團長放一邊，葵娜對艾利涅說出要事。

「妳要和我們一起到費爾斯凱洛啊？是沒問題，但妳應該有能瞬間移動的手段吧？」

「我這次還打算帶其他人去，所以想著來趟悠閒的馬車之旅也不錯。」

「那麼請務必與我們同行，有強大的魔法師一起，對我們來說可是求之不得。」

雖然爽快應允，但其他煩惱讓艾利涅垂下眉毛。

「說是這麼說，我們這次馬車內沒什麼可以過夜的空間，晚上可能要請妳們睡吊床，這樣可以嗎？」

艾利涅相當不好意思，葵娜笑著揮揮手說：「別擔心，這一次我們也會準備馬車，是艾利涅先生店裡做的。」

「啊啊，是妳前陣子到我們店裡購買的馬車啊。聽說妳加了很有趣的東西，已經在一部分的人之間傳開了。」

謠言傳播速度相當驚人，真不愧是商人資訊網。

「我還只有在從費爾斯凱洛到這裡的路上用過耶。」

「眼力好的人不會靠稀不稀有來判斷，重要的是東西有多實用。」

艾利涅接著拉近與葵娜的距離，換上認真的表情低聲說：

「葵娜閣下，還請妳千萬小心，聽說已經有好幾個貴族展開行動想搶妳那個東西了。如果妳要暫時離開這個村莊，也到鄰國去是不是比較好呢？」

葵娜瞬間傻了一下，然後敲著手說：「噢～原來原來。」露出像是想到什麼壞主意的竊笑。

熟識她的人——例如Xs，要是在這裡，應該會對那張笑容中的惡意，或者該說接下來會引發的騷動抱頭煩惱吧。

「哦～貴族啊，那聽起來還真是有趣的『任務』呢……」

「任務？」

「噢，沒什麼，我在自言自語。不管怎麼說，艾利涅先生，非常感謝你提醒我，如果我不知道，肯定會發展成不得了的事態。」

「是啊，還請多小心。對我們來說，大客戶出了什麼意外，我們也很傷腦筋。」

「是啊，好的，我會多加小心，絕對不讓艾利涅先生傷腦筋。」

艾利涅鬆了口氣，拉開與葵娜的距離。但他不知道他的「小心」和葵娜的「小心」態度有著天壤之別。

那甚至讓在旁聽他們說話的阿比塔直盯著格格竊笑的葵娜。

「喂，小姑娘。」

「阿比塔先生，怎麼了嗎？」

「如果妳打算在王都做些什麼好事，至少商量一下啊，我會去替妳向之前的職場打聲招呼。」

葵娜驚訝地睜大眼，接著軟軟一笑點頭道謝：「謝謝你。哎呀～阿比塔先生好溫柔喔，明天太陽該不會打西邊出來吧。」

「喂，妳這傢伙～～！我好心擔心妳，妳竟然說那種話。」

「開玩笑啦，開玩笑，要是我真的進退維谷，我就去找梅伊妹妹哭一哭啦。」

「就叫妳別給公主殿下添麻煩啊～～～～！」

阿比塔揮舞長槍追在葵娜身後，團員們看到這一幕，開始騷動起來。

只要發生什麼事就會立刻出面安撫的副團長一副事不關己的態度，團員們也以無言的視線看著兩人玩捉迷藏。

然而團長立刻喊著「你們別露出那種眼神！」將矛頭轉向別的目標，不用說當然演變成團員們四處逃竄的畫面。

葵娜遠離展開恐怖捉迷藏的阿比塔一行人，朝旅店走去。

和平常去田裡工作前到旅店吃飯的村民們擦身而過，互相打招呼後走進店裡。

「早啊，瑪雷路、莉朵。」

「哎呀，這不是葵娜嗎？早安。」

「葵娜姊姊早安。」

和母女倆打招呼後，葵娜走到吧檯旁說「我有點事想商量」要瑪雷路停下手邊工作。

葵娜向疑惑地歪著頭的瑪雷路拜託把女兒借她幾天。

「借莉朵？妳該不會是想要她去幫妳釀酒吧？」

「不是，我打算帶露可去見我大女兒，所以想問莉朵要不要一起去。如果不趁這時候，應該也沒什麼機會可以去王都。可不可以當作一個社會經驗，把莉朵交給我幾天呢？」

「嗯～這個嘛……」

「我出借我們家的小希來幫忙店裡工作？還是要免費提供一桶啤酒呢？」

莉朵自己也「咦？」的滿臉疑問，全身僵硬。

瑪雷路的視線在女兒和葵娜身上轉來轉去，最後輸給葵娜真摯的眼神，「唉～～」地大嘆一口氣。

「葵娜還真會做生意啊。好啦，就用這個條件把女兒交給妳吧。」

「那我待會要洛可斯拿一桶酒過來。那麼莉朵，妳要做好出門的準備喔，我們要和艾利涅先生的商隊一起行動。」

「咦？咦？咦咦咦咦咦！」

莉朵跟不上兩人的對話，驚訝地睜大眼，葵娜拍拍她的背安撫她。艾利涅的商隊今天休息一天，明天就要離開村莊。

「妳要和老闆他們一起走啊？早點說，我就會立刻給出答案了啊。」

危了。

「唔唔唔，是這樣嗎？」

「是啊，以為只有妳們三個女生上路，當然會擔心啊。」

聽她這樣一說，確實如此。瑪雷路並沒有親眼見過葵娜有多強大，也就更擔心孩子的安危了。

葵娜為了讓她放心，握拳舉高手大聲宣言：

「如果有要危害莉朵的東西靠近，不用多說我會立刻打退。而且這次會搭我的馬車，我也會帶洛可斯去，護衛萬無一失。」

洛可希錄斯的等級雖然只有葵娜的一半，但就近身戰鬥能力來看，他擁有可與葵娜並駕齊驅的能力。

瑪雷路催促莉朵回房整理行李，在女兒離開後，瑪雷路朝葵娜低頭拜託：

「不好意思，葵娜，那孩子就拜託妳了。」

「瑪雷路，妳在說什麼啦？我也受那孩子很多照顧，而且我們是朋友啊，保護她是當然的。」

「自從妳來了之後，這個村莊也有了以往的活力。」

「我把大家弄得秩序大亂，也覺得有點不好意思啦──在不會讓村長累倒的範圍內就是了。」

葵娜聳肩的動作惹得瑪雷路笑了。

以為發生什麼事的格特從裡面探出頭，聽完理由後噴笑出聲。

把少少的換穿衣物塞進小背包後回來的莉朵看著捧腹爆笑的大人們，不解地歪頭。

隔天就要啟程，所以告訴莉朵早上到商隊那邊集合。

葵娜替莉朵檢查有沒有不夠的東西之後離開旅店。

葵娜也去邀了拉德姆，但拉克斯還在氣上次那件事，不願同意。

拉德姆本人很失望，但他是在黑魯修沛盧出生長大，也看慣了大都市。

「下、下次再來邀我啦。」拉德姆帶著僵硬笑容回應。如果他身後沒有監視他有沒有亂說話的思雅，看起來應該會更帥氣吧。

一開始，葵娜從社交觀點來看，想帶洛可希錄斯同行，但洛可希努強力自我推薦。

「如果是要和小姐們一起出門，請讓我跟，別帶個不懂女人心的木頭人去。」

「但是那邊人很多耶，小希妳沒問題嗎？」

「只要把他們全當成蟲子，就不會有任何殺意。真有個萬一，拿殺蟲劑噴就好了。」

她毫無躊躇地果斷表示，但她說出口的內容其實和恐怖分子沒兩樣。

對偶爾想帶洛可希努出門的葵娜來說，這是喜出望外的提議。

洛可希錄斯也說著「真拿妳沒辦法」點頭同意，沒有任何爭執就決定了。

只不過葵娜聽到洛可希錄斯低聲說了「不知道會有幾個人被打成一蹶不振的垃圾……」這種恐怖的話。

「洛可斯，就交給你看家了喔，大概在我回來之前……」

「我明白，要點收黑魯修沛盧運送過來的商品，以及把酒類與魔道具交給他們。我記住了，請您安心。」

「嗯，拜託你啦。」

葵娜擺擺手回應恭敬地鞠躬的洛可希錄斯。

沒事最好，但如果有人想加害露可就另當別論。葵娜也想不到有什麼方法可以安撫氣瘋的自己。

「奧普斯倒是很擅長應付這種狀況耶～～」

強求沒有的東西也沒用，葵娜只能絞盡腦汁不停思考該怎樣避開貴族提出的無理要求。

在旁邊聽著洛可希努的建議一邊收行李的露可，看著抱頭喃喃自語的葵娜，嚇得睜大眼睛。

隔天早晨。

艾利涅商隊一行人看見拖著馬車現身的葵娜時，全都目瞪口呆地迎接她。

當然，先到這邊等待的莉朵也不例外。

「小、小姑娘……這是什麼？」

阿比塔站在葵娜背後，顫抖地指著嘶叫的馬頭問。

那是稱不上生物，只有一顆頭的雕像。表面有木頭紋路，就是一個木雕的馬頭。

因為職業關係，阿比塔見過馬的魔偶，但他從沒見過會眨眼、會轉頭還會嘶叫的魔偶。

而這就長在馬車的馬伕座位上。

基本上，沒有馬也能走動的馬車本身就很奇怪，那只能說是單純的貨車吧。

露可揉著惺忪睡眼，從車廂中探出頭。

然後發現商隊的視線全集中在馬車上，又立刻縮回去。

「這是我的馬車啊，有什麼問題嗎？」

「「「……」」」

就算她這樣問也不知該怎麼回答。確實是沒有問題，但馬車的存在本身就是問題。

連已經聽過傳聞的艾利涅嘴角也不停抽搐。

「那個，葵娜閣下，這就是傳聞中的馬車嗎？」

「對，這就是傳聞中的馬車。」

商隊中好奇的人圍在旁邊觀察起魔偶幌馬車。

外表就是有布棚的貨車，這點從買來後就沒做變更。

唯一不同的是長在馬伕座位上的馬頭。看起來像木造的馬頭，正是這台魔偶馬車的核心部位。

馬車四處埋有魔韻石，但統括一切開動馬車就是馬頭的任務。因此，這台幌馬車跑起來相當舒適。

分隔車廂內外的布棚上施加了結界，可以維持內部舒適溫度。

車廂內鋪著軟墊，有可以讓三個大人平躺的寬敞空間。

車軸與車輪也施加了緩和衝擊的魔法，將行走時的震動感壓到最低。

要是知道這東西的詳細規格，所有貴族都會想得到手吧。

不過得加上「如果是確實足以實用的東西」這項註解。

「其實這是個吃魔力怪獸，還得另外加上一個ＭＰ油槽才行。」

一般人應該會面臨一天數次耗盡ＭＰ而昏倒的狀況。

如果不是葵娜這樣擁有將近無限ＭＰ的人，根本無法讓馬車從村莊跑到王都。

擔心葵娜的人們紛紛要她注意有對這類東西很執著的貴族。

也不能讓大家光是觀察馬車。

艾利涅的部下們手腳俐落地準備，讓商隊得以出發。

莉朵在送行的村民當中發現瑪雷路，立刻用力揮手。露可也探出車廂，朝瑪雷路揮手，

葵娜也揮手後，瑪雷路苦笑著揮手回應。

「那麼，讓我打擾一下嘍？」

「請進。」

商隊出發離開村莊的同時，艾利涅來到葵娜的幌馬車。

他滿臉笑容說著如果不讓他上馬車，他就堅決不離開。

葵娜當然也沒理由拒絕，便爽快地迎接他進馬車。

「這又是……幾乎不會搖晃耶。」

馬車內鋪滿軟墊，艾利涅坐在其中一個軟墊上，對幾乎感受不到下方傳來的震動相當感動。

軟墊是露可的裁縫練習作品。洛可希努似乎把重點擺在製作東西，而非縫製衣服來訓練露可。

裡面也有不知道是仿造什麼的奇形怪狀物，讓人覺得很有趣。

露可和莉朵拉開後方的布棚，並排坐在一起，眼睛閃閃發亮看著往後流逝的景色。

洛可希努靜靜待在身邊，張大眼睛注意不讓兩人掉下車。

大家的行李就掛在車廂牆壁的鉤子上。

基本上就是個不讓人起疑的裝飾品。

葵娜不用說，洛可希努也有道具箱，所以馬車內只有最低限度的行李。

葵娜拿出小桌子，洛可希努擺上茶壺、茶杯，準備好紅茶。不知從哪拿出充滿香氣的紅茶，艾利涅嚇得睜大眼睛。

「我常常在想，葵娜閣下到底是從哪裡拿出這些東西來啊？」

「哎呀，這些【古代技法】現在大概也沒辦法得手了吧。」

「這樣啊，那也讓我非常感興趣耶……」

道具箱的存在太危險了，不能隨意說出口。葵娜早已學會只要把這些東西全當作【古代技法】，就能逃避追問。

「但妳這個時期到費爾斯凱洛，不知道旅店有沒有空房間。」

正當他們聊著無關緊要的事情時，艾利涅突然想起什麼，說出這種有點不妙的話。

「這個時期？費爾斯凱洛有什麼事嗎？」

「是啊，葵娜閣下不知道也是理所當然，現在有個叫『川祭』的祭典。」

因為他們第一次見面時，葵娜說「自己是從鄉下來的」，認為她不知道也是當然的艾利涅詳細說明。

費爾斯凱洛是世上少見被艾吉得大河一分為二的都市，同時也是依賴河川才得以成立的都市。

市民的生活與大河密不可分，受惠河川也體認大自然的嚴峻。

所以會舉市舉辦祭典來表達對河川的感謝。

「最熱鬧的活動就是祭典最後，大人小孩都能參加的划小舟比賽。比賽要繞著河中沙洲划兩圈，每年都讓人捏一把冷汗，相當精彩。」

「這樣啊，有點想看耶。」

「我小時候也和朋友們一起參加過好幾次呢。」

「咦？艾利涅先生也參加過嗎？」

光看犬人族特有的嬌小體型，葵娜擔心這讓步也讓太大了吧。

沉浸在回憶中的艾利涅露出孩童般燦爛的微笑，述說當時的回憶。

「結果當然是連預賽也沒過啦……」

「哎呀呀……」

艾利涅搔頭苦笑，完全沒有不甘心的感覺。

似乎絲毫不介意，證據就是回憶大概很開心，自己說著說著也噴笑出聲。

「哎呀，雖然也有失敗，但我在那之中體會到和大家同心協力的樂趣。」

艾利涅深有感觸地談論自己青春時代的樣子，也讓葵娜自然地綻放笑容。

正確來說，看見艾利涅和平常的反差相當有趣。

艾利涅發現葵娜咧嘴笑個不停，便尷尬地低下頭。

「哎呀……那個，一不小心就太熱血地聊起當時的事了。葵娜閣下，這件事情還請妳保密啊。」

「我明白了，我會把艾利涅先生這個模樣藏在我心中。」

葵娜看向同在車內也聽見兩人對話的洛可希努，她便輕輕點頭。

洛可希努應該不會到處說這種事，也想不到她能對誰說。

「嗯～～但是會很難訂到房間啊……」

她們這次有人類小孩，沒辦法訂之前住的旅店。
因為在那邊認識的住宿客總有著想避開人類的感覺。
葵娜另外住過的，就只有之前帶露可去時隨便選的旅店。
當時她選擇靠近河川的旅店，那家似乎相當高級，她還記得一晚要價一枚金幣。
雖然不是沒錢，但住太高級的地方會讓葵娜覺得有打腫臉充胖子的感覺，她想避免。
「那麼，葵娜閣下，我替妳介紹住處吧？」
「什麼？」
艾利涅如是說，摸不著頭緒的葵娜呆愣地張大嘴。
因為她先入為主以為艾利涅的商會沒有經手不動產事業。
但葵娜白擔心了，艾利涅提議的是他們商會手上的空房子。
艾利涅還順便告訴葵娜，商人經手各種商品是理所當然的事。
艾利涅商會手上的房子從小住宅到集合式住宅，有幾種不同類型。
「我借妳一間家庭用的獨棟房子吧。」
「真的可以嗎？」
「是的，我當然也打算如果妳喜歡，可以買下來當作妳在費爾斯凱洛的據點。」
「這點不先住住看不知道，請讓我接受你的好意了。」
艾利涅接著告訴她使用注意事項，等抵達艾利涅商會再簽訂正式合約。

不可以破壞裡面的設備，使用完畢歸還前要打掃乾淨，僅此兩點。

「只有這些嗎？」

「是的，只要嚴守這兩點就好，如果有損壞會索取賠償。」

「我明白了，我會打掃乾淨再歸還。」

葵娜自信滿滿地回答，艾利涅回以相當開心的笑容。

「聽葵娜閣下這麼說，感覺我會收到全新的房子，讓我有點害怕。」

「你說那什麼話啦～哎呀，要做的話是也辦得到，但那很累，我才不會做。」

只要併用幾個技能，就能將老房子變成和全新落成一樣，然而不只要消耗ＭＰ，還得削減ＨＰ，做完之後會無比疲倦。

對葵娜來說只有壞處沒有好處，所以她不太想用這招。

原本想問更多關於川祭的細節，但艾利涅是舉辦方相關人員，除了大型活動之外不太清楚。

「阿比塔閣下應該對這些事情很了解。」

「原來如此～～」

這天抵達第一個野營地前，葵娜都和艾利涅熱烈談論「商人眼中的費爾斯凱洛」。

露可和莉朵當然聽不懂內容，回過神時兩人已經要好地一起入睡。

就在洛可希努替兩人蓋上毛毯時，商隊停下來稍事休息。

艾利涅也趁這個機會說：「不好意思，我不小心待太久了。」離開了魔偶幌馬車。

這晚在街道旁的野營地過夜。

因為人很多，分成幾個營火解決晚餐。

葵娜這邊由洛可希努大展身手，同席的商人們也讚聲連連。

葵娜心想她要是能像這樣對其他人態度好一點就好了。阿比塔單手拿著酒，走到她們這邊。

洛可希努立刻露出不悅的表情，催促露可兩人起身。

「那麼葵娜大人，露可小姐兩人由我來照顧，還請您加油照顧酒鬼們。」

「小希，拜託妳嘍。莉朵、露可，晚安。」

「大姊姊，晚安〜〜」

「晚、安……」

還沒喝醉的阿比塔被戳中痛處，無法反駁。

他看看回馬車的孩子們又看看酒瓶，似乎無法決定到底該不該喝。

發現葵娜呵呵發笑後大喊：

「喂、喂，小姑娘啊！」

「可以喝啊，阿比塔先生也需要喘口氣嘛，你在客氣什麼？」

「不是啦，妳家的女僕小姐絕對討厭我吧……」

「小希對誰都是那樣啦，最近可是比以前圓滑許多了。」
「那算圓滑？哪裡？」
阿比塔擺出不開心的苦瓜臉，看著小希融入夜色中的背影後仰頭喝酒。
「呼～～！我就是為了這一杯酒而活著。活過來嘍。」
「……一杯？」
原來對愛喝酒的人來說，一瓶也只算一杯啊。
葵娜從道具箱拿出炒豆子和鹽烤魚等東西當下酒菜。
這是之前在費爾斯凱洛的路邊攤買的食物。
葵娜喜歡其中幾個的味道，所以多買了一點。
自從召喚出洛可希錄斯兩人之後，什麼都不用說，他們也會做出自己喜歡的料理，所以完全忘了拿出來吃。
「喔，這些下酒菜不錯耶，是妳做的？」
「不是做的，是之前買的。」
葵娜老實說完，阿比塔表情變得奇怪，聞聞豆子和魚的味道。
「似乎沒有壞掉。」
「不會不能吃啦，這點我保證。」
只要放在道具箱裡，絕對不會劣化，這點很令人安心。

不過就算問她不會劣化的原理，她也無法回答。

「我聽艾利涅老闆說了，小姑娘似乎是第一次參加川祭啊？」

「啊，是啊，我認識你們的時候才剛離開鄉下嘛。」

「總覺得那已經是好久以前的事情了耶，因為妳的存在感太強烈了啊。」

「那是什麼意思啊？」

葵娜苦笑著回應仰頭喝酒的阿比塔。

仔細想想，接連發生許多事件，每天的生活不僅不會令人厭倦，甚至有種驚濤駭浪的感覺。比起只能躺在醫院病床上的人生，現在更有活著的感覺，讓她很舒爽。

她一邊吃下酒菜一邊從阿比塔口中聽了開心享受川祭的方法。

像是比起設置在大道旁的攤子，住宅區居民們主辦的攤子更能帶著家人慢慢逛。有趣的東西很多，扒手也很多，所以要把錢包細分放在不同的地方比較好。

祭典最後舉辦的繞河中沙洲的划小舟比賽值得一看。

但葵娜真心希望他別推薦別人去賭船賽。

阿比塔詳細告訴葵娜祭典有趣的部分，一半以上偏向吃喝應該是他的興趣吧。

「我第一次參加祭典這類活動，很期待。」

葵娜說完才發現自己失言，但覆水難收。

唯一慶幸的是她沒把「在這個世界」說出口。

「精靈不會舉辦祭典之類的嗎？」
「啊，噢，辦是會辦，但我是高等精靈……真的沒辦法和大家一起玩鬧。」
葵娜直接把在遊戲任務中看見的情景說出口。
那是高等精靈玩家專屬的任務，任務內容是要成功舉辦精靈的祭典。
任務本身不難，每個過程都有些障礙，任務就是要排除這些障礙。
祭典順利舉辦，但玩家會被要求坐在王位之類的地方，只能望著祭典舉辦的模樣。
就是這樣一個會讓玩家產生「不能多花點心思設想一下嗎？」這種不滿的任務。
「這樣啊？小姑娘背地也經歷了許多辛苦呢。」
似乎順利蒙騙過去，葵娜鬆了一口氣。
而如此附和的阿比塔把酒瓶倒過來朝裡頭看，接著舔滴下來的酒，完全沒個樣。
葵娜看不下去，就把分裝在小酒桶裡的啤酒拿給他。
「喔，這該不會就是……可以嗎？」
「看你那麼可憐的樣子，就有點……」
「哎呀～～感覺好像在催妳給我酒一樣，真不好意思。」
大概是被阿比塔抱著酒桶開朗喜悅的模樣吸引過來，團員一個接一個聚集。酒桶也太早被發現了。
「啊啊啊啊！團長好詐喔，一個人獨占好喝的酒。」

「囉嗦～～！這是給我的。」

消息立刻傳開，團員們紛紛擠到葵娜的營火這裡來。

有些團員只能一臉怨恨地看著，因為他們負責晚上的警衛工作，不能離開工作崗位。

這是特別拿出來的，希望阿比塔起碼可以努力確保自己的份。

「小姑娘，再來一桶呢？」

「沒有。」

「「「…………」」」

旅行這件事，如果像搭火車那樣有令人眼花撩亂的風景變化，或許也能樂在其中。然而只是在森林中的道路前進往往容易讓人厭倦。

而待在不停移動的馬車裡，除了看風景也沒其他事可做。洛可希努是有帶繪本來，但在車上看可能會暈車。

所以限制她只能在野營睡覺前唸故事給孩子們聽。

一開始露可和莉朵還能玩互相出謎題給對方猜的遊戲，但在村莊裡還住不久的露可能回答的問題不多，一下子就結束了。

所以葵娜這時拿出了撲克牌。

不知是過去存在的玩家還是玩家的養子們推廣的，這塊大陸上似乎有許多這類桌遊。

撲克牌、花牌、百人一首（真佩服那個人全都記得耶）、圍棋、將棋、西洋棋、黑白棋、人生遊戲、麻將等等，種類相當廣泛。

而葵娜在堺屋一角第一次看到時，被豐富的品項嚇得目瞪口呆。

不過不管是撲克牌還是花牌，因為都是用高級厚紙製作，價格也相當昂貴，邊境村莊的人們肯定無法輕易出手。

艾利涅的商隊也有販售，但聽說因為村民們不懂用途又價格昂貴，被避而遠之。

葵娜首先把牌面全攤出來給她們看花色。

除了國王、皇后等花樣變成三等身的角色，其他沒什麼奇怪的地方。要說的話大概就是鬼牌上畫著Q版的鬼魂吧。

葵娜問了伊澤克才知道，這些花色是畫給小孩子看的，大人用的又是不同花色。

只是葵娜自己也覺得店家負責人親自到桌遊賣場服務好像有點過頭。

她理解那是高規格對待自己，但在場的店員嚇得目瞪口呆，慌張地說著「這點小事不需要勞煩伊澤克大人……」的模樣讓她印象深刻。

伊澤克最後甚至還說「這送給您」，葵娜嚴正拒絕後支付費用。「不會因為這點小錢倒閉～～」之類的可不是能代代相傳的話啊。

「那麼，我們先來玩記憶翻牌吧。」

「記憶……」

「翻、牌……？」

葵娜把所有牌翻面，一邊示範一邊說明規則，在洛可希努的幫忙下說完流程後才重新開始。

葵娜以為自己記憶力很差，但身體受惠技能影響，能力很高。她湊到四對牌之後，把還沒看過的牌翻開給孩子們機會。

洛可希努在湊到三對牌後也故意讓步，翻牌讓孩子們確認自己的記憶。她的記憶力似乎也沒問題。

露可和莉朵之外，感覺很有問題的應該是妖精妹妹。她就飛在圍成圈的大家上方，還以為她只是看大家玩遊戲。

「我第一名～～！」

她自信滿滿地在牌面上飛，像在表示「這張和這張」，結果一打開完全不對。

「第、第二、名……」

第一場是莉朵第一、露可第二、葵娜第三、洛可希努第四。之後就是露可和莉朵輪流拿第一、二名。

只有一次在莉朵說「真是的，葵娜姊姊妳們兩個也認真一點玩啦！」時，葵娜和洛可希努幾乎把所有牌都拿光了。

雖然是莉朵要求，但她們也太孩子氣了。

接下來玩被稱作「抽鬼魂」的抽鬼牌。

在這個世界，鬼牌上畫的是鬼魂而非小丑，所以叫抽鬼魂。身為知道「抽鬼牌」這名稱的人，只有滿滿的突兀感。

而這遊戲的勝負一開始早已決定。

「討厭～～為什麼露可和洛可希努姊姊會這麼強啦？」

玩了三回，都是莉朵慘敗。

露可和洛可希努輪流拿第一、二名，葵娜穩坐第三名。

「因為、妳的臉……」

「莉朵全寫在臉上了啦。」

在可以完全控制表情的洛可希努以及仍沒有太多情緒表露的露可面前，莉朵根本不是對手。

「莉朵在對方碰到小丑，啊，是碰到鬼魂時笑得太誇張了，好懂得不能再好懂。」

「唔唔唔唔唔唔～～！」

莉朵不甘心得只能悶哼。

看著莉朵再次回來玩抽鬼魂時捏自己的臉頰做柔軟操的樣子，不禁笑出來，結果當然只能說很遺憾。

葵娜把沮喪的莉朵交給露可和洛可希努，走下馬車。因為肯尼斯來請她過去。

「阿比塔先生，怎麼了嗎？」

商隊似乎警戒著什麼，正降速前進中。葵娜走到「火炎長槍傭兵團」聚集的地方，開口問表情嚴肅的團長。

「好像有人一直保持同樣距離跟著我們，妳有頭緒嗎？」

「我不太清楚耶～～」

葵娜是付錢與商隊同行，所以被當成客人對待，當然也是護衛對象。

但只要有人拜託她，不管是要防禦還是攻擊，她都奉陪。她也在同行時告訴他們了。

「那麼，可以當成是盜賊之類的吧。」

「團長……再稍微觀察對方的動向比較好吧。」

副團長傻眼的表情讓阿比塔立刻換上苦瓜臉。看來他只是想努力避免被說教而已。

葵娜沒出言幫忙，召喚出【風精靈】朝阿比塔在意的方向飛去，與他共享視覺探索周邊後，發現了為數不少的盜賊（跟蹤狂）。

「商人們會在祭典接近時一起行動，盜賊就會為了搶奪營收聚集而來。」

艾利涅搭乘的馬車靠近他們，他從馬伕座位上一臉憂鬱地朝後方盜賊群聚的方向看。

「每年到底是從哪裡湧出來的啊……」

副團長揉眉露出煩躁的表情。盜賊們的地位似乎和家中討厭鬼第一名的蟑先生差不多，這也是當然。

「大概會趁夜深來襲吧。」

「不能等到晚上，快點解決吧。小姑娘，妳能幫幫忙嗎？」

「好喔好喔。」

葵娜答應後，聽到阿比塔「只要衝過去把他們全打垮就好了吧」這句發言，立刻和副團長一起吐槽。

「不可以那樣吧。」

「葵娜小姐說的對，需要把一半打倒或抓起來削弱他們的戰力，不可以毫無計畫就衝進去。占地利優勢的是對方，要是讓他們逃走就等於我們輸了。」

「那先讓商隊停下來吧。老闆，可以裝成車軸壞掉的感覺停止前進嗎？」

「裝成沒辦法馬上行動對吧，沒問題。葵娜閣下也在，可以交給她防禦。」

阿比塔說出了狡猾的提議，讓人覺得他剛剛那個毫無計畫就想衝鋒陷陣的發言是講假的。而立刻允許執行的艾利涅也像個有長年交情的損友。

「「所以說，小姑娘（葵娜閣下），商隊就交給（麻煩）妳保護了。」」

「你們兩個怎麼可以這樣異口同聲啦！」

兩人滿臉笑容地拍拍葵娜的肩膀，葵娜也只能無言以對。

副團長迅速下指示，做好布陣以防盜賊逃跑。

葵娜原本也想上第一線，但阿比塔一句「妳還帶著孩子，別讓她們看到那麼血腥的畫面」讓她立刻退讓。

葵娜取而代之大肆施展輔助魔法。

【提升攻擊力】、【提升防禦力】加上【提升移動速度】，還對負責突襲的團員施展【隱身】，非常徹底。

看見部下們不知該怎麼處理從身體深處湧出的力量，阿比塔有點放棄地嘆氣。

「我真不知道和小姑娘同行時對我們出手的人在想什麼。」

「肯定會重蹈國境那時的覆轍。」

連副團長也跟著他一起朝盜賊潛伏的方位雙手合十。

他們先確認一次流程後通知商隊所有人，也不忘提醒大家不管發生什麼事情都要裝作不知情。

商隊再次恢復正常速度移動，就在接近下一個露宿地點時。

負責演戲的團員用傳遍周遭的音量大聲說：「喂喂～～！等等～～！」以此為開端，馬車一輛接一輛停下來。

等到整個商隊停止行動，商人們說著：「怎麼怎麼？」從車廂探出頭。

他們的演技著實差得讓人目不忍睹，好險也沒要求他們要有完美演技，只要能騙過獵物就好。

「馬車的車軸怪怪的，誰來幫幫忙！」

這也是響徹周遭的大音量，周圍是什麼也沒有的森林，所以能傳很遠。

被選為演員的人平時很安靜，似乎對自己的大嗓門感到煩惱。阿比塔直接跟他說：「這只能拜託你了。」他感動得幾乎要落淚，笑著接下任務。

不知道內情的露可和莉朵也探出車廂查看，在洛可希努柔性勸導下，不甘願地回馬車。

幾個人聚集到大聲說話的團員身邊。

這段期間，【隱身】的突襲成員一個接一個走進森林，所以聚集而來的人之中有半數是葵娜用魔法做出來的幻影。

大半護衛集中在商隊一處，認為這是絕佳時機的盜賊接連從森林裡竄出來。

他們亢奮地攻擊而來，但下一秒就從背後被突襲了。

「嘎！」

「呀！」

「什、什麼！」

大多數都是抱著要海撈一筆的亢奮感被打倒的人，以及連自己身上發生了什麼事都搞不清楚就被打倒的人。

「投、投降，我們投降！」

「拜、拜託！饒我們一命！」

倖存者立刻明白狀況，丟棄武器投降。

「都不知該說他們識時務還是苟且偷生了……」
「小姑娘說得真好，反正就只是這種人啦。」
「這種人聚集起來可是很麻煩的耶。」
「別囉哩囉嗦的，快點把他們綁起來！」
「「「好啦～～」」」
死掉的盜賊就當場挖洞埋起來。
倖存者綁起來帶到王都去。
所有人手被反綁在身後，接著綁在隊伍最後一輛馬車的繩子上。
為防他們逃跑及反抗，所有人被一條巨大的雙頭蛇纏在一塊，除此之外一切和平。
因為孩子看到蛇會害怕，葵娜的魔偶幌馬車移往隊伍前方。
「……喂，小姑娘，那是什麼啊？」
「哥哈達。聽說被咬之後不用走五步就會死掉。」
哥哈達偶爾會伸出長舌糾纏著舔拭，或是從正面緊緊凝視。盜賊們的臉色已經超越蒼白，接近土色了。
哥哈達是魔界區域的蛇魔獸，等級450，大多以中等頭目脖子或手上的裝飾品出現。
牠很喜歡被當成裝飾品，葵娜召喚出來對牠說：「你就代替繩子裝飾在他們身上吧。」牠開心地應允了，反而讓人想問牠：「這樣真的可以嗎？」

從頭看到尾的阿比塔感覺全身無力。
誰會想到把蛇拿來當繩子用啊。
只不過這裡是街道，不能嚇到來往的旅行者。葵娜命令之後，當事人，不對，是當事蛇立刻用法術做出保護色，讓身體看起來像粗繩。
「不管怎樣，費爾斯凱洛也快到了，再來可以慢慢走。」
見阿比塔七早八早就放鬆，副團長重重嘆了口氣。
看到他已然放棄的表情，這似乎是常有的事。
好幾個團員拍他的肩膀表示「我懂你的辛勞」，也說了會幫忙。
「……阿比塔先生。」
「啊，怎麼啦，妳幹嘛一臉同情啊？」
「副團長真的太可憐了，你好好工作吧。」
「沒關係啦，我只要好好擺架式，部下安心我也安心，沒有任何不安！」
「我覺得擺架式和把工作丟給別人沒辦法畫上等號耶。」
周圍眾人苦笑。這時阿比塔對表情認真地逼問他的葵娜招招手，要她耳朵湊過來，她稍微猶豫後才乖乖湊上前。
「費爾斯凱洛似乎發生了奇怪的事，妳注意一點。」
葵娜聽到他說的悄悄話，無法掩飾困惑。這也太抽象了，根本不知道該注意什麼才好。

簡單來說，就是要做好不管發生什麼事都能應付的心理準備。

但是，人在商隊裡的他到底是從哪得來這些消息啊？

久違造訪的費爾斯凱洛相當熱鬧。

從東門進城時排了一下隊，不過似乎是個大商人的艾利涅拿出許可證後，整個商隊直接通過。

事先把蛇送回去，把盜賊交給城門的士兵。獎金好像會在之後送到阿比塔他們住宿的旅店。

守門士兵看見葵娜那輛沒有馬的魔偶馬車嚇一大跳，但也順利通過了。

也受到其他排隊的人關注，每個人都帶著驚訝的表情目送無馬的魔偶馬車離開。

「糟糕了，應該要在進入費爾斯凱洛前塞回道具箱才對。」

看著人們呆愣地張大眼睛跟嘴巴的表情，葵娜相當後悔。

「讓露可小姐兩人在這麼擁擠的大道上前進也太過分了吧。」

洛可希努說的很有道理。

與第一次造訪費爾斯凱洛時相比，大道上人滿為患，行走時間是上次的兩倍。

攬客的聲音；店員大聲宣傳自家商品的聲音。

開朗跳舞的人以及圍繞在旁打拍子喝采的人們。

頭上、肩上扛滿運送貨物的人，還有三人同心協力搬運一個東西的人。購物者、看似遊客的人、冒險者以及巡邏中的騎士等，總之大道上擠滿各式各樣的人。馬車走的車道與之區隔，但界線不明顯，也有人會突然衝到馬車前面。商隊馬車降速避免撞到人，傭兵團成員列隊變成人牆般跟著商隊移動。

露可和莉朵也第一次看見密集人潮，眼睛閃閃發亮，相當驚訝。

露可是第二次來費爾斯凱洛，但她上次還沒整理好自己的狀態與情緒，應該也沒有心情觀察周遭吧。

葵娜和洛可希努在旁微笑著守護兩人孩子氣地興奮說著「那個呢？那個呢？」的模樣。

商隊直直橫越城市，抵達艾利涅商會的腹地內。

馬車陸續停在葵娜上次購買馬車的店面後方，工作人員聚集而來，陸陸續續將商品搬下馬車。

他們看見無馬的魔偶馬車也嚇一跳，與商隊同行的商人對他們說「不得宣揚」後，他們也點點頭回去做自己的工作。

「葵娜閣下，馬車可以寄放在我們這邊，妳要怎麼辦？」

葵娜下馬車正在伸懶腰時，艾利涅走近如此提議。

「不用，我不能麻煩你那麼多。你都告訴我會有麻煩了，我可不能讓這麻煩落到你頭上啊！」

葵娜確認莉朵和露可都下車後，把魔偶馬車收回道具箱。

馬車突然在眼前消失，就算知道是【古代技法】的艾利涅也無法掩飾驚訝。

艾利涅現在已經不會進一步追究，但臉上仍滿滿寫著想詳細詢問的心情。就「確保能收納整台馬車的搬運方法」這點來說，葵娜的存在深具魅力。

就在簡潔地簽好契約將房子租給葵娜，艾利涅說著「我讓店裡員工帶妳去」時，表情異常老實的阿比塔出現了。

完全看不出和剛剛說著「就這樣直接去酒館吧～」的是同一個人。

「阿比塔閣下，怎麼了？」

「雖然事前已經聽到消息，似乎發生了很詭異的事，連祭典能不能辦都說不準。」

「你說什麼！」

葵娜原本以為祭典已經開始舉辦，但現在似乎還是準備期。據說會挑在期間內的晴天舉辦「正式祭典」。

「現在這樣還不算熱鬧啊……祭典可能無法舉辦是怎麼回事？」

「我已經讓我們的人去冒險者公會確認了，得知消息就馬上告訴妳，妳和小孩先去休息吧。」

露可兩人被洛可希努牽著手，在一段距離外看葵娜他們說話，眼睛仍散發閃亮光芒，臉上寫滿興奮期待。

看見她們的表情，根本說不出「今天禁止外出」啊。

葵娜等人向艾利涅及阿比塔道謝後道別，被店員領著到距離商會不遠的獨棟房子。

第二章

陰謀、委託調查、搭訕應對法和兩個女兒

「呃～～這是家？」

「是有點大，這原本是間小店。」

艾利涅商會的店員介紹給葵娜的是一棟雙層建築，前後左右都很寬敞。

大小約有瑪雷路旅店的一半，就獨棟房子來說也太大了。

店員把鑰匙交給葵娜，留下一句「請您自由運用」後就回去了。

一樓有寬敞的店面部分、兩個小房間和廚房。其中一個小房間是餐廳，裡頭有六人桌和椅子，二樓有三間四坪大的房間。

葵娜、露可和莉朵用二樓的一間房間當寢室，洛可希努用一樓的小房間，她在家中到處走，看了廚房的狀況後自言自語：「需要買柴薪呢。」

葵娜先從道具箱裡拿出床鋪，擺在要當寢室的房間。

餐具以及食材收在洛可希努的道具箱，所以沒問題，但還是有不夠的東西。

「啊～～那先出門買東西吧。」

「不，雜事請交給我來做，葵娜大人先帶著兩位小姐到處逛逛。」

已經對孩子說不能自己到處逛，但她們兩人完全被外界吸引。

現在也是，正好有一行人彈奏音樂經過附近的道路，兩人的視線追著他們跑。妖精妹妹還被吸引到直接穿牆而過，接著才慌慌張張飛回來。會先迷路的人或許是妖精妹妹吧。

就把不足的物品採買工作交給洛可希努，葵娜決定帶著兩人到熱鬧的大街上。

她靠著以前追捕殿助時的記憶，帶兩人到河岸邊。

雖然這樣說，這邊的河岸因為居民不停增建棧橋，已經從原本的河岸往河川擴張數十公尺。

而且發生怪獸騷動時廣大範圍遭受破壞。

大概在那之後又不停增建，從上往下看是相當參差不齊的形狀。

平常河上會有無數小船以及需要許多船夫的大型槳帆船，但現在連一艘船也沒有。

幾乎所有棧橋周圍都綁著好幾艘小船。

安靜得幾近恐怖的河面只反射燦爛的陽光。

「咦～～？」

「哇～～好壯觀喔。」

「好、大～～」

葵娜對這異樣的光景感到不解，莉朵和她相反，看見大河相當感動。

露可雖然來過一次，但當時手忙腳亂的似乎沒什麼印象了。

或許也和中途見到形象強烈的大司祭有關吧。

中間夾著河中沙洲的這段河道水流平穩，無浪的日子甚至會讓人誤會為大湖泊。

而就算距離遙遠，沙洲東側的教堂仍相當醒目。

白色宮殿般的教堂看起來特別優雅。

「發生的事情難道和沒有船行駛有關嗎？」

「葵娜姊姊！葵娜姊姊！那是什麼？那個！」

葵娜被興奮的莉朵打斷思緒，抬頭看她手指的方向。

在頭頂上悠然飛翔的是讓人坐在背上的巨大萊格蜻蜓。

因為沒辦法搭船，有很多蜻蜓艇在頭頂上飛來飛去。

「那個是蜻蜓艇，可以搭乘萊格蜻蜓觀光或是飛到對岸。」

「這樣喔～～」

莉朵一直看著頭上飛來飛去的蜻蜓，似乎相當感興趣。

一直抬頭看可能會跌下棧橋，所以葵娜把莉朵拉到身邊。

「葵娜、媽、媽。」

「有，怎麼了嗎？」

這次輪到露可拉葵娜的斗篷，她蹲下身與之平視。

「為、什麼……沒有、船？」

「咦？嗯～～是為什麼呢？肯定是有什麼原因。」

「嗯……」

（真不愧是漁村小孩，首先就注意到河上沒有船。露可真是不容小覷！）

『葵娜，別對小孩提出的疑問如此驚訝啊。』

感覺奇奇正對她投射傻眼的眼神，讓她認真思考。

但是除了阿比塔說的「奇怪的事情」，想不到其他原因。

「是河裡出現了什麼恐怖的東西嗎？」

「恐、怖……」

「啊啊！抱歉抱歉！不恐怖不恐怖喔～～！」

露可的表情染上陰霾，葵娜慌慌張張地抱緊她。

葵娜對於可能讓露可回想起自己的村莊發生的怪事感到焦急，也後悔自己不配當母親，想打自己一頓。

但露可輕輕推開葵娜，軟軟一笑說：

「我、知道，葵娜、媽媽……很、強。」

「露可……」

葵娜感動得全身不停顫抖。

莉朵也從旁邊抱著露可，呵呵笑著說：「就是說啊～～葵娜姊姊很強～～因為她是壞魔女啊。」

「喂～～～！莉朵，那個是祕密！」

莉朵和露可反而被葵娜著急的態度嚇到。
「但是我已經和露可說過了耶……」
「媽、媽，才不、是，壞魔、女、喔。」
「哇～～！妳們兩個都是天使～～！」
葵娜再度感動至極地緊抱兩人。
她們就在棧橋顯眼處如此互動，旁邊的人紛紛投以傻眼的視線，但她們都沒發現。
看完大河，葵娜三人離開棧橋避開人多的大道，決定從住宅區中間穿過去。
因為有許多居民會在自家門前擺飲料攤或烤肉串攤。
葵娜買了現榨果汁給玩得口渴的兩人。
一杯大約兩枚銅幣，非常便宜。
似乎有加水稀釋，但還是有水果的味道，喝完後把木杯還給商家。
一邊聽著從大道傳來的熱鬧聲響，逛逛住宅區的店家也很有趣。
買了主婦們製作的木製髮飾，露可和莉朵非常開心。
『周圍沒發現什麼危險。』
「因為這附近人還很多啊。」
葵娜聽奇奇的報告並且牽著兩個孩子往前走時，有一群小孩橫越她們前方。
葵娜發現其中有個眼熟的孩子，不小心大喊：

「殿助！你又溜出來了啊？」

「咦？啊，呃！是怪物女！」

殿助一看見葵娜的臉就嚇得跳起來，手指著她，用沒禮貌的稱呼喊完後立刻逃走。跑進住宅與住宅間的小路，一轉眼就消失身影。

和他在一起的孩子們看見他的反應也想起葵娜是誰，眨眼就跑得不見蹤影。

「怎麼可以溜那麼快啊……」

「葵娜姊姊，妳認識那個人嗎？」

從葵娜開口喊人到整群人消失不過幾秒鐘。

不知內情的露可和莉朵也被他們腳程之快嚇傻。

「怪物、女？」

露可比較在意殿助對葵娜的稱呼。

葵娜笑著摸摸兩人的頭並簡單解釋，當然沒有說出對方的真實身分是王子。

「之前接下冒險者公會的委託，幫忙抓住不想讀書而逃家的少爺，剛剛的男生就是那個少爺。」

聽見葵娜胡謅殿助不喜歡讀書，兩人露出難過的表情。

「讀書很開心耶。」

「嗯，可以、看懂、繪本……很、開心。」

兩人愛讀書的反應讓葵娜開心地抱緊她們。

說起來，葵娜又不能丟下兩個孩子不管，當然也不可能去抓殿助。

她想著要是看見巡邏的騎士或閃靈賽巴的屬下，就去跟他們說一聲吧。

逛了一圈攤位買烤肉串等東西回到租屋處時，看見廚房堆滿柴薪。

洛可希努在短短時間內買好了許多東西，也把軟墊擺到二樓的寢室，似乎是要當成椅子來用。

露可和莉朵立刻往軟墊上坐，確認坐起來舒不舒服。

葵娜看著兩人時，洛可希努開口喊她。

「葵娜大人，有訪客來訪。」

「訪客？」

原本是店鋪部分的寬敞空房間已經擺上桌椅。

呆呆坐在其中一個椅子上的是火炎長槍傭兵團的肯尼斯。

「讓你久等了～～肯尼斯，怎麼了？」

「沒有，我只是來幫團長跑腿而已。」

他似乎對某件事感到不知所措，說起話來吞吞吐吐，呆愣地看著擺在他面前的茶杯。

探頭一看，茶杯裡裝的不是茶，而是滿滿的鹽巴。

連葵娜也被嚇到，僵住一段時間。

不用問也知道這是誰拿出來的。真是的，會讓主人丟臉的女僕還真是令人頭痛。

「……那個，對不起，我家女僕竟然做這種事。」

「啊，不會，我只是來傳話的。」

葵娜老實地道歉後，肯尼斯起身端正姿勢，把手放在胸口。不小心就做出騎士敬禮姿勢的肯尼斯害羞一笑，葵娜跟著噴笑。

「是去冒險者公會問詳情的事嗎？」

「對，聽說幾天前水面開始出現巨大影子，才會禁止船隻航行。」

「巨大影子……多大？」

「聽說大得可以從這邊的河岸碰到沙洲那邊。」

「什麼？那也大過頭了吧！」

在葵娜的印象中，里亞德錄遊戲沒有那麼大的水棲怪獸。

例外就是用【召喚魔法(Summon magic)】召喚出最高等級的綠龍，但那是特化成飛行專用的龍，無法潛入水中。

這世界到底還潛藏著什麼東西？葵娜不禁背脊發寒。

隔天早上用餐時，莉朵和露可開心地討論著今天要去哪邊逛。

露可現在說話還是結結巴巴，但她也有自己的意見。

莉朵說著喜歡或想看的東西，露可回答「好」、「不好」，兩人的對話相當熱絡。

「我想去看那些丟球的人耶～～露可呢？」

「丟、球？」

「就那個啊，我們坐馬車在很多人當中前進的時候，看到有人在丟球啊。」

「……我、沒看、到。」

「我想靠近看～～露可呢？」

「……要去。」

「嗯！我們一起去看吧～～」

葵娜在旁聽著也沒有立刻想像出來，大概是類似街頭藝人雜耍那類的吧。

葵娜的知識大多來自電視或網路。

聽到丟球，她只會想到小丑邊騎單輪車邊把球往上拋，也就是馬戲團表演之類的畫面。

葵娜告訴自己她今天是領隊，千萬別看得比孩子們入迷。

在旁服侍的洛可希努注意到了什麼，中途暫離餐桌。

過沒多久後回來，對葵娜說了「有個無禮的訪客來訪，我可以潑水趕他離開嗎？」這種恐怖的話。

「別一大早就做那種激進行為。是怎樣的訪客啊？」

「典型的任性貴族的跑腿那種管家。」

「管家？」

葵娜交代露可兩人不可以走出家門後，朝玄關走去。

讓洛可希努在連接室內的房間前待命，負責阻擋無禮的傢伙強行闖進室內。

葵娜在住進來的第一天就用魔法防禦把這間房子弄得跟要塞沒兩樣。

想從二樓入侵的傢伙會被在屋頂上擬態的魔法生物捕捉，看起來就像捕蠅草抓獵物。至於威力，極有可能把人壓成肉餅。

想從房子後門入侵的傢伙就會被像彈簧床的魔法攻擊，如拋物線般彈飛出去。拋飛出去的著地點在河中，根據掉落的速度可能無法保證生命安全。

想危害孩子的人沒有人權可言，這就是葵娜和洛可希努做出的結論，完全不存在手下留情或酌情處理的良心。

葵娜抱持警戒走到門外，一位嘴邊到下巴被白色鬍鬚覆蓋，身材纖瘦，穿著西裝的老管家站在那裡。

他見到葵娜便首先一鞠躬。

「一大早就勞煩您出門，不好意思。」

「也沒花什麼力氣。請問你是哪位？」

「真是失禮了，我是某位大人的管家，名叫麻魯納斯。」

「我是冒險者葵娜。」

「我知道您。」

右手擺在胸下，左手揹在身後，自稱麻魯納斯的管家輕輕點頭。

「那麼，某位大人的管家找我有什麼事嗎？」

葵娜自認露出一般的微笑，不知為何麻魯納斯卻往後退了一步。

這是因為他從長年的管家經驗感覺到這副笑容彷彿誘人走進虎口的陷阱。

他不知不覺間臉頰僵硬，陷入完美管家的面無表情漸漸瓦解的錯覺。

為了不讓人發現他有所動搖，他用自尊強壓，調整好姿勢後再次面對對方。

這僅僅一秒。

實際上對他施壓威嚇，讓他幾乎要屈服的人是站在葵娜身後的洛可希努。

洛可希努對這個小看自己主人是平民的管家（這是洛可希努的主觀意見）感到不爽，所以直接朝他施加【威嚇】。

洛可希努認真的「狀態下降類技能」攻擊，一擊就能把麻魯納斯這類低等級的人嚇死，所以她斟酌攻擊至對方的承受上限。

見對方重新振作，洛可希努咂嘴心想「下手太輕了」，停止使用技能。再這樣下去怕會被葵娜發現，她便乖乖收斂。

只不過為防萬一，她也把攻擊管家列入考慮。

葵娜也收到奇奇的警告，內心對在她背後使用技能的洛可希努嘆氣。

（小希真是的……）

『反正這個管家的上司就是想要那個東西吧。妳只要命令洛可希努，就可以趁晚上去把他那個上司幹掉喔。』

（在祭典舉辦期間只會引起大騷動吧！為什麼奇奇和小希都只會往那種恐怖的方向思考啦！）

長年相伴的腦中搭檔和女僕攻擊性都太強了，真令人厭煩。

要是讓他們自由發揮，肯定只會害自己必須費心善後。這類事情葵娜已經在遊戲時有過無數經驗。

「所以有什麼事？」

「啊，是的，其實某位大人想要您所擁有的馬車，可以請您轉讓嗎？我們當然會支付費用。」

看吧，果然來了。正如艾利涅提醒過的內容令葵娜感到厭煩。

「那麼，你們要花多少錢買？」

「這個嘛，五百枚金幣，您看如何？」

五百枚金幣等於五萬枚銀幣，這連葵娜從遊戲時代繼承下來的金額的百分之一都不到。

用葵娜最擅長的瑪雷路住宿費用計算，可以住上十二萬五千晚。就高等精靈族的壽命來看是能住到那麼久，但不清楚旅店有沒有辦法開那麼久。

「還真是小錢耶，你去找別人吧。」

「！妳說什麼！」

葵娜斬釘截鐵地拒絕後，老管家首次展露情緒。

緊握的拳頭不停顫抖，表現出難以置信，原本瞇成一線的眼睛也睜大了。

洛可希努立刻走上前表示談話已結束，要把老管家趕出去。

「談判破裂，請回吧。」

「我還沒說完！」

「如果繼續糾纏，我就要動用武力了，這樣可以嗎？」

洛可希努不是在問葵娜，而是問不想放棄的老管家。

麻魯納斯在洛可希努冰冷視線注視下，背脊像被冰塊抵住一般僵硬，一瞬間看見被殘酷撕裂的未來，讓他全身發寒。

「竟、竟然拒絕這種好生意……真心希望妳不會後悔。」

他丟下這種聽似威脅的台詞後離去。

這種情況可以想見的手段不是僱用小混混來綁架小孩，就是找麻煩吧。

「真希望是那種典型的壞人。」

「只要您下令，我今晚就能去殺了對方。」

「誰要妳去暗殺了？放著不管遲早會放棄吧。」

「葵娜大人還真是樂觀。」

「幾乎沒有人可以打破我和妳的防禦吧。」

「這樣說是沒錯……」

這個對無法暗殺心生不滿的女僕就只是個危險人物啊。

葵娜心想：要她最優先照顧孩子應該能阻止她失控吧。

「我去一趟冒險者公會問個詳細，晚點再會合吧。」

「這也無可奈何，我明白了。請把小姐們交給我吧。」

「希望學院在這種騷動中還有上課，這樣一來我們就可以搭蜻蜓艇到沙洲了。」

「把召喚獸叫出來應該比較快吧？」

「騎士團就會馬上衝出來！會讓祭典因為其他理由更無法舉辦啦！」

水棲召喚獸的外表大多很恐怖。

會依等級改變大小的大概就是藍龍。

例如八腳海星，大小輕輕鬆鬆就能塞住整個東城門；例如殼可以像電鑽一樣轉動的寄居蟹，那比現在租的房子還要大；例如最基本的章魚，纏住整個王城綽綽有餘。

可能引起與企鵝怪獸那時同等級的騷動，葵娜毫不考慮就駁回洛可希努的提議。

這天雖然走進大道，擁擠的人潮讓她們無法招架。

奮力在人潮中移動，看了丟刀子的街頭雜耍，逛了幾個攤子後，孩子們就耗光體力了。

回家途中繞到艾利涅商會一趟，購買大量布料。

場景一換，在費爾斯凱洛不能為人所道的昏暗地方。

前廢屋地區。

原本全是廢棄房屋的這一帶，一夜之間化作觀光用的城堡，現在白天已經是繼市場後第二人潮聚集的地方。

晚上只有零星篝火以及兵隊的值班室，幾乎沒有人煙。

這邊和住宅區的中間地帶雖然還很破舊，仍有些許居民，也就是所謂的貧民窟。

南門附近也有貧民階級聚集的地方。

那在城牆外，是被拒絕住在城裡的不法占據者的聚集地。

城牆外不在士兵警備範圍內，當然也是遭魔物攻擊的危險性極高的地方。

即使如此，因為他們太弱小，甚至沒辦法住在城裡的貧民窟。

占據貧民窟的全都是些難以對付的人。

但他們還是有繳在城市居住所需的稅金，也沒辦法積極地把他們趕出去。

對負責巡邏的士兵來說，他們就像是眼中釘。

這天晚上，他們暗地策劃的事情將付諸實行。

傳說是以前大商人建造，最繁榮時有三層樓高的豪宅，現在已經半倒失去以往光彩。

在房子的地下室，獸油點燃的小小燈火中，幾個男人臉帶卑劣笑容聚集在一起。

惡名昭彰的懸賞通緝犯們圍住其中特別魁梧的人，正在商討壞事。

「那個聯絡員給出執行的命令了。」

一半臉上留有深刻傷疤的恐怖男子說道。

他是費爾斯凱洛其中一個地下組織「飢渴毒蠍」的首領。他用沙啞的聲音對部下這麼說了。

「嘿嘿嘿嘿～～老大～～這次是怎樣的委託啊～～？」

「最好可以有女人啊。」

第一個發問的是手上把玩著短刀的優雅男子。

看似這些成員裡最親切的人，但也僅限在這群人當中來看，無庸置疑不是個好東西。

口吐猥褻話語的是身材矮小的犬人族男人。

一身灰毛大概沒有整理，到處亂翹，看起來像極度離譜的剛睡醒的樣子。

「是女人沒錯，但對方是小孩。」

「哦～～那還真是我愛的案子呢。」

語氣充滿喜悅的是個聲音聽起來稚嫩卻身材魁梧的男人。

方形臉、滿身肌肉，很適合在工地扛鋼筋。

長這個樣卻是個戀童癖，已經無可救藥了。

「是人質，可別弄壞啊。」
「人質，那對方是商人嘍？」
「聽說是冒險者，還有一個女僕。」
「冒險者和女僕？」
一臉疑惑回問的是毫無特色的男人。
在街上擦身而過也很難判斷他是壞人，要在人群之中找出他是件難事，說是普通人中的普通人也不為過。
活用自己的超普通容貌的男人是個扒手。
「為了讓那個女冒險者吞下某個要求，必須綁架小孩。這就是這次的委託。」
沒太多自我主張的部下也露出猥褻的笑容點頭，大概是能沾光讓他們很開心吧。
「全是女人還真讓人羨慕。小孩是那女人的孩子嗎？」
「這點不知道，如果有興趣就自己去查。」
「噗嘿嘿嘿～～我是都沒差啦。」
「只要殺了女僕，把小孩綁走就好了吧？這工作也太輕鬆了。」
「殺了女僕前先給我玩一玩吧。欸，大哥，可以吧？」
「無所謂，前提是到你手上還活著。」
「怎麼這樣啦～～」

他們自顧自地聊後續的事情聊得起勁，但這也必須有對方的詳細資訊。只憑「對方是女人、小孩」就小看對方，以為能隨心所欲，這就是典型小混混的證據。

「你們聽好了！可別丟了我的臉啊！」

首領敲打牆壁激勵部下。

部下有人一派輕鬆，有人面無表情，也有人揚起嘴角點頭。

「老大，你就坐著等好消息吧。」

「綁架根本小意思。」

「嘿嘿！女人、女人……」

「哎呀呀。」

以為是超簡單的工作而止不住笑的他們陸續步出房間。

也不知道有東西隱藏在黑暗中聽見他們的所有對話。

這群壞蛋沒發現也是當然，因為那只是指尖大小的小蟲子。

像煤焦油的全黑蟋蟀，只有紅色複眼微微閃爍，飛到最後一個走出房間的首領背上。

隔天。

葵娜預定先到冒險者公會蒐集資訊後，再和孩子們會合一起去學院。會合之前由洛可希努保護孩子們。

「小希，要是她們不聽話，妳要好好教訓她們喔。」

「好的，請交給我。」

「我們才不會不聽話～～」

「嗯，不、會……」

嘟嘴表示不滿的莉朵和頻頻點頭的露可抓住葵娜的斗篷衣角。

葵娜慢慢拉開她們的手，給了她們一人二十枚銅幣。

「妳們已經學過了，試著自己付錢買些什麼吧。」

「可是，我不能拿那麼多錢……」

莉朵數了手中的銅幣，想還給葵娜。露可不知該如何是好，很在意銅幣和莉朵的舉動。

「不需要一次花光，這是要妳們學著在祭典期間買東西吃或買禮物的錢不要超過這個金額。」

葵娜一開始是想給她們一枚銀幣。

但洛可希努和奇奇都表示給她們太多錢只會變成扒手下手的對象，不停刪減的結果就變成這樣了。

如果要喝第一天喝的飲料，十杯就花光了。

這也可以幫助訓練孩子思考這些事情，有計畫地用錢。

要是不夠，葵娜也打算多給。到那種地步，應該就是得在費爾斯凱洛待上一段時間吧。

為了早點結束參觀祭典，就必須盡早解決異狀。

在這之前還得完成帶露可去見梅梅這個目的。

「最糟糕的狀況就是拿銀環出來用吧？」

「葵娜大人的銀環（那個）可能會讓最糟的狀況雪上加霜，還請您千萬別用。」

「好啦好啦……」

就連葵娜也不清楚最大威力的魔法攻擊會造成什麼結果。

可以預想最糟會改變地形。洛可希努也要她自重。

「那我先出門一趟，拜託妳啦～～」

「路上小心。」

「葵娜姊姊，路上小心。」

「路、上……小、心。」

「嗯，待會見喔。」

明明只是去蒐集消息卻相當有幹勁的葵娜在孩子們的目送下前往冒險者公會。

在這之前，得先穿越無比擁擠的街道。

環顧一圈後發現也有人跳上沿途的建築物屋頂。

葵娜仿效他們，併用【跳躍】與【走壁】技能，飛越人群上方。

葵娜通過後，發現有東西從上方飛過的人們開始騷動，停下腳步的人讓整條路塞得更嚴重，造成惡性循環。

冒險者公會比想像中更壅塞。

之前來的時候，可說是常客的冒險者團隊常待在這裡，孔拉爾的小隊就是典型的例子。

現在除了張貼委託的牆壁，還設置了第二個委託板。

那感覺像是購物時的特別設置賣場，可能和普通的委託不同吧。

大概是以處理那邊的委託為主，不停有人進進出出。

有許多單打獨鬥的冒險者一次撕下好幾張委託拿去櫃檯，接著衝出公會。

他們身上的裝備看起來不像冒險者，大概是專門來消化城市裡那些非打鬥類的委託。

「這是什麼？」

看了一下第二個委託板，似乎是祭典期間限定的委託集中區。

「幫忙找迷路的小孩」、「幫忙顧店」、「幫忙整理排隊隊伍」等委託特別多。

其他吸引葵娜的就是「請解決大河的異狀」。

不只有幾張，而是十幾張隨意疊在一起，還附上一張像是禮品包裝紙的紙片。

「弄得好像禮品喔～～」

轉過頭環視櫃檯時，和熟識的員工對上眼。

「啊，葵娜小姐。」

「阿露瑪納小姐，好久不見。」

阿露瑪納是葵娜登錄冒險者時接待她的紅髮美女員工，她朝葵娜揮手。

「不好意思，阿露瑪納小姐，我有件事情想……」

葵娜毫無防備地走近櫃檯，阿露瑪納從櫃檯內探出身體緊緊抓住她的雙手。

「喔咦？」

「葵娜小姐，我抓到妳了！其實我們有事情想拜託妳！」

「不是啊，什麼抓到，咦？什麼？什麼事啊？」

「葵娜小姐請聽我說啊！這件事情只能拜託妳了～～！」

「等等，別這樣拉我！不不不不，我搞不清楚狀況啦！為什麼要抓住我啊！」

冒險者和公會員工，兩個外表亮眼的女性這樣大聲驚叫又拉拉扯扯的模樣十分醒目。

再這樣下去會妨礙業務進行，所以旁邊的員工把兩人拉開。

被推到個人面談用的小房間，兩人終於可以冷靜下來說話。

「妳突然那樣嚇我一大跳，到底什麼事啊？」

「對不起……」

阿露瑪納準備好飲料放在葵娜面前，自己也就座後首先道歉。

「我只是有事想問耶。」

「有事想問，請問是什麼事？」

「想問學院有沒有正常上課，因為我想去見梅梅。」

阿露瑪納被葵娜的提問嚇了一跳，但還是回答：「雖然現在是這種狀況，學院還是有上課喔。」

這是因為阿露瑪納想起來了，眼前的葵娜雖然外表看起來十七歲左右，她可是學院長梅梅的母親。

「那麼，阿露瑪納小姐想拜託我什麼事？」

「是的，想請問葵娜小姐能不能幫忙調查這個異狀。」

「調查？」

「是的。」

阿露瑪納對皺眉的葵娜詳細說明目前發生怎樣的異狀。

那是在祭典前夕發生的事情。

一開始有人看見幾乎與槳帆船相同大小的魚影。

為了確認這魚影是什麼，國家出兵乘船搜索，就在此時。

棧橋旁的圍觀群眾屏氣凝神關注下，巨大的影子突然出現。

長度可從這邊的河岸直達河中沙洲。

不僅圍觀群眾，連在船上的人也陷入混亂，有許多艘船因此翻覆。

幸好沒出現傷者，而在騷動中，巨大魚影突然消失了。

國家緊急下了禁止船運的命令，在那之後就沒有人看見巨大影子。

「那為什麼要找我調查？」

葵娜聽完後開口問了最疑惑的部分。

說起來有點怪，但葵娜就是個新手冒險者。

雖然隸屬費爾斯凱洛的公會，然而她完成委託的次數還不多。

「葵娜小姐，我聽說了，妳是打敗占領西側通商道的盜賊的最大功臣。」

「……啊。」

確實如此。雖然沒接下委託，她確實藉由和凱利克的共謀完成了委託。

凱利克也只對委託者隱瞞葵娜的名字，對冒險者公會應該有說明詳情。

而且葵娜自己也沒到公會封口，消息透過組織在員工間流傳是極為理所當然的事。

「而且葵娜小姐能在水上行走啊。」

「啊——……」

葵娜曾經為了追捕殿助，在眾目睽睽下走在河面上。

這也是葵娜被選中的原因。

『也就是說，完全是妳自作自受。』

被奇奇如此吐槽，葵娜根本無從反駁。

她也只能垂頭喪氣地放棄掙扎。

妖精妹妹摸摸她的頭，像在安慰她，這大概是唯一的救贖吧。

「我明白了，這確實沒有其他適任者了。」

「妳願意接下了對吧！」

阿露瑪納猶如得到天助，上半身往前靠向葵娜，葵娜說著「太近了太近了！」把她推回去。

「在那之前先讓我去見梅梅，我得把女兒介紹給她才行。」

「是的是的，只要妳願意接下委託，不管多久都願意等……咦？」

把事先準備好的文件拿出來的阿露瑪納突然停下動作。

彷彿不好開關的門那般「嘰嘰嘰嘰」地慢慢轉頭，反芻葵娜剛剛說出口的話。

「妳要帶女兒去見梅梅大人嗎？」

「是啊，要讓梅梅見我女兒。」

「那個……？也就是說，葵娜小姐還有另外一個女兒嘍？」

「是這樣沒錯。」

阿露瑪納這次真的因為衝擊性事實而全身僵硬。

看起來比自己年輕的（高等精靈族）女性已經有四個小孩，自己為什麼還單身呢？這個想法在她腦海中不停打轉，讓她的意識越飄越遠。

「咦？哈囉～～阿露瑪納小姐～～？」

阿露瑪納被人看見睜著眼睛昏倒這等醜態，其他員工接到葵娜通知後，衝進來將她帶到休息室。

「她好像有呻吟耶，是說了什麼啊？」

「我完全沒有頭緒。」

就算被這麼問，毫無自覺的葵娜當然想不出原因。

約好過幾天再到冒險者公會接下委託後，葵娜決定去跟洛可希努等人會合。

送葵娜出門後，洛可希努把家門鎖好，帶著露可兩人到熱鬧的街上逛。

最先去莉朵坐馬車時看到的表演丟球雜耍的街頭藝人那邊。

首先看見的就是不知該從哪邊鑽進去的人牆。

擁擠的人潮以比孩子的腳程還慢的速度慢慢移動。

如果只有洛可希努一個人，要擠過去絕非難事。

但帶著兩個不習慣人群的孩子就成了高難度任務。

所以洛可希努把決定權交給孩子。

「妳們兩位，我想目標街頭藝人應該就在這些垃圾，不對，是這些人潮中的某處。」

洛可希努不小心說出真心話，但她裝沒事淡然說明。

露可和莉朵看著人潮深思。

不知從哪裡開始的人牆一直往不知到哪裡去的遠方延伸。

第一次體驗擁擠人潮的兩人覺得要在這當中前進根本是拚上性命。
「要怎麼辦？」
「嗯……」
兩人看著慢慢移動的人牆一陣子，然後對洛可希努說要放棄。
「如果葵娜大人在場，就能把所有人打倒之後前進喔。」
「不、不行！」
「葵、娜、媽媽……才、不會，做、那麼、過分的……事情。」
面對老是滿心想讓主子背上罪名的洛可希努，露可兩人極力主張葵娜的清白。
放棄橫越大道的洛可希努三人決定前往昨天葵娜帶她們去的住宅區簡單路邊攤。
不只是昨天那個地方，四處都有居民自主擺設的攤子，一天根本逛不完。
「嗯～」
「……莉、朵？」
「如何啊？兩位小姑娘，我算妳們便宜點喔～」
其中一個攤位在顧攤的青年面前的桌上擺著用線編織的各種小動物。
狗、貓、小鳥、山羊等看過的動物、以兔子、無角的熊、白鵝等動物為模型做出來的東西，還有喀邁拉、翼龍等沒見過的魔獸。
兩個人都還沒看到讓眼睛為之一亮的伴手禮，所以仔細逛每一個攤位，尋找用葵娜給的零用錢可以買的東西。

孩子們的煩惱沒有盡頭，每移往下一個地點就會看見煩惱的莉朵以及不安地看著莉朵的露可。

除此之外，也有麻煩事糾纏洛可希努。

先不說個性，只論容貌，洛可希努是個上等美女。

受到她的美貌吸引的男人一個接一個出現在她面前。

簡單來說就是搭訕。

「小姐，要不要和我去更開心的地方啊？」有個一身溫和氛圍的帥哥向她搭話。

他被洛可希努犀利的眼光瞪得全身發抖，化作只能呆站在路中央的人型電線桿。

「全交給我的包容力吧！」如此口出狂言的肌肉男被洛可希努說著「連入我的眼都嫌髒」單手打飛，在地上滾了十幾公尺。

被身材纖瘦的女僕單手打飛愧對大力士之名啊。路邊就此多了一個屈身抱膝的慘白男性雕像。

「真是的……沒自覺的垃圾也太多了吧。」

洛可希努如此嘟囔。在她面前又出現新的搭訕男，一副裝熟的口吻向她搭話。

「哎呀～～小姐，看不出妳是個挺強的武鬥派耶～～」

「又有垃圾，快消失。」

輕佻地笑著靠近的年輕人毫不畏懼洛可希努的視線。

不僅如此，他還自執起洛可希努的手，拿自己的臉摩蹭她的手背。

「妳強而有力的眼睛真迷人～～用妳的包容力來保護我吧～～」

洛可希努以一副沒有感情的表情瞇眼瞪著男人，男人的手偷偷伸向她。

這是他最擅長的距離。在必殺距離伸出的凶刀被洛可希努的手牢牢抓住阻止。

「什、麼？」

「呵呵呵，你這樣滿身殺氣對我出手還真是笑話人啊。」

「嘎啊、唔！」

持短刀的手被恐怖的力道捏碎，搭訕男就要驚聲尖叫。

在他出聲前，洛可希努抓住他的下半張臉逼他閉嘴，封住他的尖叫聲。

「呵呵呵，可不能讓你打擾小姐們的煩惱時間。」

面對羅剎般的笑容，搭訕男臉色蒼白。

還以為是個弱女子，她卻用毫無漏洞的動作將所有攻擊化為無效。現在也能聽見被她抓住的手和臉發出骨頭碎裂的聲音。

未曾感受過的劇烈疼痛剝奪了搭訕男的反抗意識。

大概是對邊哭邊不成聲地不停道歉的搭訕男失去興趣，洛可希努放開他。

同時也迅速出手，卸掉搭訕男的肩膀與髖關節。男人連站也無法站，只能癱軟在地。

「咦？小希姊姊，這個人怎麼了？」

「不知道耶，似乎是喝醉了。兩位小姐不需要在意。」

「喝、醉？」

搭訕男可憐的「哎喲～～哎喲～～」小聲呻吟被掩蓋在嘈雜聲中，立刻就聽不見了。

其實和葵娜分開後，洛可希努馬上就發現她們正處於周圍某人的陰謀之中。全身承受殺氣攻擊，不管怎樣都得應對才行。

像這樣搭訕還刻意縮短距離的人，全身臭氣早已洩露陰謀。

還有一個人打算朝露可兩人出手，洛可希努直接弄碎對方的手骨。

「咦？你說什麼？你說要給我看厲害的招式啊？你要用讓人感覺不出體重的動作飛上天啊？」還如此即興演出向周圍宣傳，接著把人往大道那頭丟出去，當然讓人看不出來是她下的手。

周遭的人還替呈拋物線飛出去的男人鼓掌喝采。

不知道已經翻白眼的男人有沒有聽到掌聲，然而聽到那頭傳來淒慘叫聲，大概連減緩衝擊也做不到吧。

動作滑溜地朝孩子們出手的扒手被洛可希努手臂一揮打碎肋骨，癱軟在地。

事出突然，洛可希努的力道有點太大，看來似乎連內臟也破裂了，但沒死就當一切ＯＫ吧。再來就是用一句「是喝醉酒的人」帶過結束。

在洛可希努三人走過的路上，就有將近十個男人被當成「喝醉酒的人」癱軟在地。

洛可希努只當他們是垃圾，一轉眼就把他們的存在忘得一乾二淨。

「如果不介意，可以告訴我妳們買了什麼嗎？」

對路旁垃圾失去興趣的洛可希努問兩人，露可和莉朵開心地靦腆一笑。

「我啊～～是買給拉德姆的禮物～～」

「我……的，是要給、小錄。」

莉朵的小袋子裡裝著小小的編織翼龍玩偶。

露可選的似乎是熊。

洛可希努對露可送禮的對象燃起嫉妒心，但還是說著「東西讓我來拿」，接過兩人手上的小袋子。

接著假裝放進肩背包，把兩人的東西丟進道具箱。

然後很遺憾地對討論接下來要去哪裡的兩人說：

「差不多到約好的時間了，我們去找葵娜大人吧。」

「咦？已經到了？」

「……嗯。」

和乖乖點頭的露可相反，莉朵不滿地說著：「我還沒全部看完耶。」

說起來，在每個攤位煩惱二十分鐘以上，逛兩個地方就會到約定的時間。

「明天再繼續逛吧。」洛可希努說完，露可跟著說：「明天、再找、吧。」莉朵也乖乖放棄了。

先回住處放東西、上完洗手間後，朝和葵娜約好的蜻蜓艇搭乘處前進。

葵娜早已在那邊等著，露可兩人走近後，她蹲下身抱緊兩人。

「不好意思，讓您久等了。」

洛可希努鞠躬道歉，葵娜苦笑著說：「沒辦法啦，人這麼多。」

露可老實地偷偷告狀：「莉、朵……選、太久、了……」莉朵也與之對抗，反駁：「是有太多男人找小希說話啦。」

「啊啊，那個。」

「嗯，小希是大美人，這也沒辦法嘛。」

葵娜同意地點點頭後，洛可希努染紅雙頰低下頭。

葵娜沒想到她會害羞，便決定以後想阻止她做什麼時，可以拿這招來用。

蜻蜓艇搭乘處大概有二十多人在排隊。

看起來這個搭乘處有十隻萊格蜻蜓以及操控蜻蜓的馴蟲師，他們輪班往返兩岸。

從頭到尾長四公尺的萊格蜻蜓一次最多可以搭三個人。

其中一人是拉繩索的馴蟲師，所以只能載兩位乘客。

馴蟲師坐在脖子一帶，乘客坐在翅膀後方。

為防被翅膀打到，乘客得面向後方乘坐。
似乎也有租借一整天，停靠城市各處的起降場，參觀城市的觀光行程。
「只能分成兩組搭了。」
「那麼，葵娜大人請和露可小姐一起搭，莉朵小姐就交給我。」
洛可希努迅速分組，所以葵娜只能和莉朵約定：「回程的時候再一起搭吧。」
葵娜事先卸下可能會礙事的劍和斗篷。
往返費用一個人約十枚銅幣，抵達對岸之後會拿到票根，回程時只要給他們看票根就可以搭乘。
費用由洛可希努一次支付。
在聽搭乘的注意事項時，葵娜預定搭乘的萊格蜻蜓的馴蟲師青年驚訝地看著葵娜說：
「我記得妳是那個可以在河上走的人啊！」
「哇，竟然有人記得……」
住在河岸的人現在仍關注葵娜的理由就是「在河上走的人」。
「我還記得那時的事，一往下看竟然有個人走在河面，我嚇到差點沒拉好蜻蜓，但現在也是美好的回憶呢。」
年輕人笑著說自己失敗的回憶，被同事提醒「後面還有人在排隊」才想起自己的工作。
「那麼請搭乘，只要坐直抓好就行，請別讓身體往左右傾倒。」

座位上附有腳踏車孩童座椅上的那種把手。

露可坐在靠尾巴處，葵娜坐在靠翅膀的地方。

「那要飛了喔～～」馴蟲師說完，聽見蜻蜓展翅的轟聲。下一瞬間才感覺到被擠壓的加速感，廣闊的費爾斯凱洛南側街景就出現在葵娜兩人眼下。

「哇，好棒！」

「……哇、啊。」

街景以及掩沒道路的人潮盡收眼底。

連城牆外的廣闊森林、朝歐泰羅克斯延伸的丘陵地帶也看得一清二楚。母女著迷地看著這幅景色一段時間。

回過神來，高度已經開始下降。就在只能看見水面時，母女嘆了一口氣。這是充滿不捨，想再多看一點的嘆息。

下來時對馴蟲師說：「好感動喔，謝謝你。」他很驕傲地笑著說：「對吧對吧！」

看到乘客這樣的反應似乎是他們的樂趣。

搭乘下一隻蜻蜓抵達的莉朵下來後也和她們一樣呆愣。

被露可抓住手才回過神的莉朵說了：「景色好美喔。」

她手放在胸前，閉上眼睛反芻那份感動。

「真的好棒喔～～」

「……嗯，很、棒。」

「很漂亮呢～～」

「嗯，很漂亮……」

兩個孩子遲遲想不出更適合的詞形容看見的景色，只能不停重複「很棒」、「漂亮」。

「小希呢？」

「啊，是的……我很驚訝，沒想到有這樣的風景。」

洛可希努視線追著起飛的萊格蜻蜓，有點不捨地轉過頭看後方。

葵娜對「沒想到小希竟然這麼直率地說出感想」相當感動。

蜻蜓艇的起降處就在學院門口附近。

而其他乘客幾乎都前往教會。

沒有人往卡達茲工作的工坊前進。

學院大門警衛似乎記得葵娜，朝聯絡用的魔道具說幾句話後就替她開門了。

「您是學院長的母親對吧？」

「啊，是的。」

「我會替您通知學院長，請進，學院長室在學院內的二樓。」

「啊，謝謝，打擾了。」

洛可希努仿效頻頻點頭道謝的葵娜，也說著「打擾了」向警衛行禮。

露可和莉朵同樣低頭道謝，警衛笑著揮揮手。

怪獸騷動時被破壞的部分已經修復，學院恢復原本的樣貌。

校園角落怪獸出現的地點豎立起巨大的六角柱，側面用紅色文字醒目地寫著：「危險！禁止靠近！」

「那樣根本就是在宣傳那裡有某些東西啊……」

洛可希努聽到葵娜的嘟囔後歪過頭。葵娜慎重起見便告訴她：

「妳看，就是那邊那個黑柱。」

「那個怎麼了嗎？」

「那個就是戰爭時～～白國陣營和翠國陣營的占領點啦。」

「噢，那個啊……竟然在這種地方！」

「對啊對啊，不久前還偶然把怪獸叫出來～～引起相當大的騷動呢。要是我再晚一點來，這個城市就毀了～～」

這大概超出了洛可希努的預料，她嚇得睜大眼睛。

真的要找的話或許能找到其他國家的占領點，但應該都不會比就在城市裡來得糟糕吧。

沿著圍牆走到校舍，大概會走完校園的四分之一。

之後就沿著以前倫蒂帶她走的路線（照奇奇的指示）走。

在幾乎沒遇到其他人的學院內前進，終於找到寫著「學院長室」的門。

洛可希努敲門後，傳來說著「請進」的聲音。
洛可希努打開門，請葵娜先走，露可和莉朵跟在後面，洛可希努最後進門並關上門。
「媽媽，歡迎妳來！」
在桌子另一頭立刻站起身的是位金髮碧眼的精靈女性。
及腰長髮一如往常編成辮子，身穿長及腳踝的紅色長袍。
和葵娜站在一起容易被誤認為姊妹，看起來像妹妹的那一個是母親。
梅梅迅速靠近，一把抱住葵娜。
「唔呼呼呼，媽媽，好久不見了～～」
所有人都看到了「呼嚕呼嚕」地撒嬌的學院長頭上長出狗耳朵，還有搖個不停的尾巴。
洛可希努拎起她的衣領，輕鬆將她扒開。
真希望她說清楚要當狗還是當貓。
「啊，哎呀～～？」
「梅梅，好久不見。過度的肢體接觸待會兒再說。」
面對因為被扒開而感到困惑的女兒，葵娜只能扠腰苦笑。
被帶往另一間會客室，葵娜和孩子們坐下後，洛可希努拿出茶具組倒茶。
倒好四人份的茶，洛可希努站在葵娜身後表示準備完畢。
「喔～～召喚女僕？媽媽還有這種東西啊，我都不知道耶。」

スッ…

「沒有據點，召喚出來也只是浪費。現在得照顧露可，所以沒辦法，不對，真要說起來是因為我是生活白痴。」

這是葵娜自嘲的告白，但女兒似乎不這麼認為。

梅梅雙手一拍，滿面笑容地說：「既然如此，媽媽來我家就好了啊！我們家女僕要多少有多少，不擔心沒人照顧。」

「才不要，那跟小白臉沒兩樣。」

葵娜秒速拒絕後，梅梅呵呵笑著說：「我就知道妳會這樣說。」

「照顧父母明明就是小孩的責任，媽媽在奇怪的地方很頑固耶。」

「還真不好意思，我是頑固的母親。」

兩人同時噴笑出聲。

葵娜摟住聽不懂兩人對話而一臉疑惑的露可和莉朵的肩膀，介紹她們給梅梅認識。

「梅梅，這位是很照顧我的旅店的女兒莉朵，這位是變成妳妹妹的露可。妳們兩個，這位女性是我的第二個小孩梅梅，是露可的姊姊。」

「妳好。」

「妳……好。」

梅梅對緊張到全身僵硬的兩人微笑。

「我是梅梅，請多指教。這麼說很唐突，妳們兩個要不要來學院念書？」

「梅梅妳突然在說什麼啊？」

沒料想到梅梅會突然邀人入學，露可和莉朵都打直腰桿僵住了。

看來似乎是無法理解梅梅說了什麼。

「可是啊，趁這年紀到這種地方學習，可以獲得許多經驗耶。」

葵娜也沒有完全否定的理由，欲言又止。

就算這樣，說話也要看時機吧。一般來說，應該不會有人在剛認識的同時邀對方入學。

過了一會兒，兩人從驚訝中回過神，明確拒絕梅梅的邀約。

莉朵需要幫忙家裡的工作，而露可選擇和葵娜在一起。

「媽媽！我可以抱露可嗎？」

「是沒關係，但露可不願意就要住手喔。」

「呵呵呵，知道了啦。」

梅梅緊摟嚇了一跳的露可，熟練地抱起來後，溫柔地笑著用臉頰貼露可的臉頰，輕聲說：「露可，請多指教喔。」

露可生硬地點點頭，梅梅便開心地說：「好像小時候的凱利娜喔～～」

聽她這麼一說，葵娜才想到：「對喔，這孩子也已經是母親了。」突然有點感動。

在所有人喝到第三杯茶時，學院長室的門傳來敲門聲。

梅梅回應：「請進～～」打開門出現的是熟知的臉孔。

「我們聽到葵娜小姐來了……」
「啊，葵娜小姐，好久不見～～」
來者是梅伊麗奈和倫蒂。
梅伊麗奈是國家的大公主，倫蒂是現任宰相的孫女。
訪客多得讓人不禁心想：「喂喂，這裡難不成是卡拉ＯＫ包廂嗎？」
完全沒有統帥學院的學院長室該有的樣子。
葵娜向兩人介紹與她同行的三人後，兩人訝異地驚呼：「女僕！」「第四個小孩！」
「最近沒有在費爾斯凱洛看見葵娜小姐，我還想說是怎麼了呢。」
「啊～～對不起啊，倫蒂。我現在搬到邊境村莊了，沒辦法幫妳抓殿助。」
「我又沒提殿……沒提殿助少爺！我只是以為妳去別的國家了！」
還有一般人在場，倫蒂決定模糊話中主角的稱呼。連倫蒂都叫他殿助，大皇子也是前途多舛啊。
「對了，我到費爾斯凱洛的第一天就看見殿助了耶。」
「啊啊啊啊……他、他又逃跑了啊。」
「我還帶著露可她們，所以沒有去抓他，對不起啊。」
「不，這不是葵娜小姐的錯！」
葵娜對頭痛的倫蒂道歉。

梅伊麗奈在自我介紹時簡稱自己梅伊，接著問她們村莊的生活。

「對了，梅梅，學生似乎很少耶，還好嗎？」

葵娜問出她走在學院裡發現的疑問。

「是啊，和註冊的所有學生人數相比，現在能上學的只有一部分。」

「果然是因為出現在水面的那個巨大影子嗎？」

「不，嗯。那也是原因之一，但幾乎都是因為經濟方面的問題吧。」

「經濟？」

葵娜驚呼後不解地歪頭，倫蒂開口問：

「葵娜小姐，妳們過來這裡時是用什麼方法？」

「咦，蜻蜓艇啊。」

「和共乘船相比，蜻蜓艇的票價高上五倍左右，想要每天都從平民區過來這邊應該有難度喔。」

「王立學院幾乎不需要學費，但學生中也有靠城市裡的雜務賺取生活費的冒險者，被生活費和交通費壓迫生活的人應該不少。」

倫蒂說完，梅伊麗奈也接著說了。

「而貴族父母則是畏懼那個影子，不願意讓孩子出門。現在還在學院裡的學生都是屬於特殊的一群。」

梅梅的視線飄到倫蒂和梅伊身上。
說起來，在這場騷動中，公主與宰相的孫女率先前往學院就是相當詭異的事態。
「我只是陪梅伊來而已。」
「我是……那個，就……」
先把苦笑的倫蒂放一邊，手貼臉頰的梅伊麗奈的臉漸漸轉紅。
「啊～～……」
想到理由的葵娜露出遙望遠方的眼神。
梅伊麗奈大概不是要來學院，而是去教會之後順便繞過來一趟而已。
雖然不清楚兩人認識時是怎樣的狀況，這位大公主暗戀著斯卡魯格大司祭。
別說要虜獲斯卡魯格的心了，要讓他理解愛情都是個大難題。
如果被發現肯定會造成大騷動。想到這些，葵娜真想讓自己昏過去。
「斯卡魯格不是到黑魯修沛盧的國境去工作了嗎？」
「媽媽，妳見到哥哥了嗎？」
「斯卡魯格有來邊境村莊，帶著閃閃發亮的馬車和騎士。」
「我知道！」
公主精神飽滿地回答後，葵娜說著「是喔……」感到不知所措。
無法理解她明明知道人不在還去教堂的意義。

既然不懂也不需要勉強理解，葵娜決定換個話題。

「梅梅對那個巨大影子有什麼了解嗎？」

「我沒有直接看過，也不太清楚。這類事情應該是媽媽比較了解吧？」

梅梅反過來問葵娜。

連經歷過葵娜所不知道的兩百年時光的梅梅也不了解，那葵娜也沒有頭緒了。

「最接近的應該是最大召喚等級的綠龍，但翼長最多也只有一百公尺左右。」

「綠龍是飛行特化的龍，沒辦法待在水中啦。」

「就是說啊……」

梅梅從背後抱住煩惱深思的葵娜。

她們身高差了一顆頭，葵娜的後腦杓正好靠在梅梅貧瘠的胸前。

「媽媽，妳還真是在意耶。發生什麼事了嗎？」

「冒險者公會委託我調查。這樣看來，只能親自到河上看了。」

「葵、葵娜小姐，那沒問題嗎？不會被拖進水裡或在水裡遇襲嗎！」

「倫蒂，妳冷靜點。」

「如果有什麼需要，請儘管說，我會跟父親說一聲，盡可能提供協助。」

倫蒂和梅伊麗奈都湊上前擔心地說著。

這樣是很感謝啦，但她的父親就是國王吧，這不算是濫用職權嗎？

當然，她們由衷感到擔心讓葵娜很開心。

「要是真的束手無策，我可以找妳們商量嗎？」

「這是當然！」

「是的，請交給我們。」

「媽媽！我也會幫忙！」

「謝謝妳們。」

葵娜胸口一陣溫暖，對三人一笑。

洛可希努當然也跟著發誓會幫忙，梅梅接著提及孩子可以暫時住在她家。

不過就在梅伊麗奈說出「那樣的話，可以寄住在城堡」後，莉朵因為身分差距過大而昏倒了。

不知道露可是不在意這些事還是不理解身分差距，和平常相同，沒有太大反應。

第三章
惡魔、傳喚、樓塔和計畫

葵娜回到租屋處吃完晚餐，陪伴孩子直到她們睡著。

看著她們開心的睡臉時，葵娜感覺洛可希努在呼喚她。

由葵娜召喚出的洛可希努兩人，就算距離遙遠也有能簡單溝通的聯繫手段。

她無聲地溜下床，走向洛可希努等待的一樓。

「小希，怎麼了嗎？」

「在您休息時打擾，真的很不好意思。」

在當成餐廳使用的小房間裡，洛可希努已經準備好茶。

「今天發生了一連串讓人在意的事，我想向您報告。」

「在意的事？」

葵娜就座後，洛可希努開始說起白天遇見的那些小混混。

也說那些人是有意加害露可她們。

「但妳還生龍活虎地站在這裡向我報告，表示妳擊退那些人了吧？」

「是這樣沒錯，雖然沒殺了他們，但也讓他們有生不如死的遭遇。」

「果真如此……」

慎重起見，葵娜也遙傳「有發生什麼異狀嗎？」的訊息問洛可希錄斯。

洛可希錄斯回應「沒有異狀」。看來對方還沒將毒手伸向村莊。

也可能是已經派人前往但還沒抵達，所以葵娜對洛可希錄斯說了這些事，要他多注意。

「洛可斯說他那邊沒什麼異狀。」

「因為那些人想排除我之後把露可小姐她們抓去當人質，應該是想當成對葵娜大人的殺手鐧吧。」

「我的～～？」

想也不用想，立刻便知道原因在哪。

「想要魔偶幌馬車啊。」

「那應該就是前幾天來訪的管家的手下吧。現在還不遲，只要您下令，我立刻去將他們大卸八塊。」

「在此之前，我們根本不知道是哪個貴族的手下啊。」

「嘖！」

洛可希努遺憾至極地咂嘴。

看她的樣子，大概會在知道是誰的傑作後立刻衝出去。

「總之，妳已經把先遣部隊之類的人擊潰了，應該可以暫時放心吧。」

「葵娜大人好天真，太天真了。那種小混混肯定要多少有多少，我認為應該趁今晚把所有嫌疑犯一掃而空。」

「好，駁回。我們不是為了做那種事來這裡。」
到底是什麼讓洛可希努變得如此好戰？
葵娜歪頭心想，她的個性有這麼凶狠嗎？
其根本也有著擔心孩子的部分，但誰也沒要求她為此要見敵必殺啊。
而且洛可希努認真戰鬥等於一頭等級550的怪物大鬧一番。
老實說，她比閃靈賽巴還強，費爾斯凱洛根本沒人能阻止她。
「洛可希努的本分是女僕，請妳在這方面派上用場。拜託妳像今天這樣照顧露可她們，把戰鬥能力活用在保護她們上。」
「……好，我了解了。」
她雖然一臉遺憾，但還是點了頭，應該不會違反命令。
暫時放心了，然而葵娜不認為對方會就此罷休。
「我明天開始要依照冒險者公會的委託去調查河川，關於追加的護衛，我叫出召喚獸來幫忙吧。」
不太能陪露可她們也是無可奈何。
這個異狀不解決，連川祭都沒辦法舉行。
「葵娜大人，如果召喚出太高等的召喚獸，妳那邊的幫手會不會不夠？」
【召喚魔法】雖然強大，召喚出的召喚獸合計等級仍有最大等級限制，就算是技能大師也沒辦法不理會限制。

「就我所知，最大的水棲敵人應該是髭水龍，但那是海洋生物。」

葵娜所說的髭水龍這種魔獸有著花園鰻一般的身體和海葵的頭，是巨大的刺胞動物，與棲息海底的古代生物海百合相似。

那是相當罕見的魔獸，只有在釣到時才看得到，食用肉的等級是A等級。

最大可以成長到超過一百公尺，但那是海洋生物，很難想像會出現在河川。而且也沒辦法登錄為召喚獸，所以是否有召喚者的疑問也跟著消除了。

「直接判斷為非遊戲生物，而是原本就有的生物比較快。如果是原生生物，似乎沒有等級太高的生物，應該不需要召喚高等召喚獸。」

「您都這樣說了，我也就不阻止您。如果有個萬一還請中斷這邊的召喚，全神貫注在您那邊。」

洛可希努靜靜聽完葵娜的說明後只留下這段忠告，便收拾葵娜喝完的茶杯。

「嗯，我會那樣做。小希，謝謝妳喔。」

「不客氣。」

葵娜對恭敬鞠躬的洛可希努道晚安，然後回到孩子們的房間。

洛可希努說著「晚安」目送葵娜離開後，洗完餐具才回自己的房間。

她喃喃自語：「接下來有不夠的東西也很頭痛。」仔細檢查完自己專用的裝備才就寢。

換個場景，在「飢渴毒蠍」當成據點的場所。

看著一個接一個被送回來的成員超過半數幾乎變成廢人，首領對此現狀感到無比煩躁。

「到底發生什麼事了！」

他抓住其中傷勢相對輕微的部下胸口，毫不客氣地大聲怒罵。

部下因首領憤怒的恐怖表情與聲音的魄力而感到畏縮，吞吞吐吐地報告自己親眼所見的狀況。

「目標、女僕……強得、跟鬼一樣……然後就！」

四處傳來被繃帶纏得像木乃伊的部下們的呻吟。

眼睛無法對焦者、抱膝不停顫抖者，還有不在乎傷口裂開、精神錯亂的人，彷彿置身野戰醫院。

從上面倒塌的宅邸搬床到地下室，但數量不足，還有人只能躺在鋪在地面的稻草上。

主力成員也用魔法藥水治癒傷口，但所有人始終保持沉默。

沒有人敢和首領對上眼。

原本把玩短刀的優雅男子現在拿毛毯從頭包到腳，不停顫抖。

他感覺那道讓人打從心底凍結的視線從頭上投射而來，害怕得根本不敢抬起頭。

原本說想聽孩子哭喊的高大男子，現在面對牆壁縮成一團，口中唸唸有詞。因為他的怪力完全沒派上用場。

不僅如此，還輕易就被弄得動彈不得，如垃圾般被丟出去，讓他自信全失。

犬人族的矮小男人把尾巴夾在雙腿間，躲在床底下發抖。見到那雙陰沉的眼睛時，他看見了自己狗頭落地的幻覺。

他對女僕這種生物感到無比恐懼，現在連走在路上的野貓在他眼中都像殺手。

自豪面無表情且毫無特徵的扒手，恐懼的表情就這樣固定在他臉上，不管他多想故作冷靜，也無法拂拭一瞬間瀕死的恐懼。諷刺的是，他扭曲的恐懼表情讓他比誰都有存在感。

「被女僕打趴！『飢渴毒蠍』的成員竟然被一個女人打敗，你們說說看啊！」

首領的聲音響徹據點的地下室。

但沒有人大聲否定。

以欺負弱小為信條的他們大概從沒想過自己會變成弱小的一方。每個人的自尊輕而易舉遭挫，化身為害怕女僕也害怕貓人族的膽小鬼。

「混帳！」

統帥這群暴徒的首領很不甘心。

全是因為那個貴族的手下委託這件工作才會變成這樣，他反過來怨恨給他工作的人。

雖然知道對方是冒險者和女僕，但沒聽說這麼強。

是故意沒告訴他們，還是根本不知道呢？

事到如今已不可考。就在首領想著要報復他們提供的消息不足時，突然聞到了陌生的氣味。

一邊咂嘴一邊大聲踱步來回走動的首領停下腳步時，地下室充滿可怕的寂靜。

部下們發現首領的怒氣已突破極限，每個人都在害怕反作用力。

不曾停歇的喃喃自語和呻吟聲中，首領的這聲嘀咕「這是什麼味道？」特別響亮。

「味道？」

「咦？」

「嗯？這是……什麼、味道？」

回過神時，每個人都因為這淡淡的刺鼻味開始騷動。

像是腐臭味也像鐵鏽味，所有人都對這令人不快的氣味感到困惑。

好像聞過又好像沒聞過，沒有人有頭緒。

地下室裡的人尋求著無法用言語述說的某種事物，努力探索記憶。

接著輕易從第三者口中得到答案。

「那個啊，是魔的氣味啊。」

室內響起老者的沙啞聲音。

真要形容，就是在有空洞的地方勉強拉長音講話的聲音在地下室響起。

「「什……？」」

轉頭看向聲音來源的人睜大眼睛說不出話，接著全身僵硬。

發現同伴不對勁而跟著轉過頭的人也步上相同道路。

那東西就飄在地下室的入口。

往右傾斜三十度左右的純白骷髏飄在黑暗中。

那不是骨頭本身的白。被潑上白色顏料般的白色頭蓋骨浮在半空中。

光是這種東西浮在空中就是靈異現象了，頭蓋骨傾斜的位置也很奇怪。

傾斜的頭蓋骨大概位於成年男性的胸口高度。

「喀喀喀喀喀，你們運氣還真差吶。」

從它的下巴喀嘰喀嘰地開闔說話來看，聲音果然是出自這個頭蓋骨沒錯。

靠近地下室入口的男人們嚇得連滾帶爬地逃進室內。

「「咿！」」

「「「啊……！」」」

「「什！」」

「「嗚哇！」」

搖頭晃腦一步一步往前進的那個像頭蓋骨的不明物體完全從黑暗中現身。

不知天高地厚的暴徒看見那東西後，發出染上恐懼的驚聲叫喊。

那是老衰乾枯的古木勉強扭曲做出人類的形體。

純白頭蓋骨就在人型古木胸口的大洞裡。
大概因為頭蓋骨在那裡，古木沒有人類脖子或頭顱的部分。
「惡、惡惡惡、惡魔……」
讓人只能冒出這句話的模樣，有人型卻非人的東西。
把某種東西的形體組合起來，接近人型的東西。
每個人孩提時代都曾在教會裡聽過，絕對不想遇見的東西。
天不怕地不怕活到今天的首領也本能地感到恐懼而後退幾步，但沒有人對此提出異議。
「唔唔……」
「啊啊、啊……」
「為什麼、為什麼，我們……」
幾乎現場所有人都呼吸急促，睜大眼睛，緊盯著眼前的異形。
「喀喀喀喀，就算你們知道了，也無能為力。」
古木異形發出沙沙摩擦聲往前進。
一瞬間掌控全場的恐懼與混亂將他們逼到弱者的絕境。
古木惡魔走向蓋著破爛毛毯躺在床上的優雅男子身邊，左手一揮而下。
「呀、呀咿咿咿咿咿——！」
尖叫聲響徹雲霄。

優雅男子連同破毛毯一起扭轉，肉和布彷彿兩條不同顏色的毛巾擰水般糾纏，變成一根棍棒狀。

右眼移動到朝右斜方張開的嘴上面，雙手在身上纏了兩圈。

原本有一百八十公分的修長身型在人體各個部位扭曲之後，變成了一根將近三公尺的細長棍棒。

但他這種狀態似乎還沒死，從牙齒和舌頭都擠到外面的口中還能聽見含糊不清的呻吟。

親眼看見這一幕，根本沒有人能保持理智。

地下室立刻充斥尖叫、哭喊，以及發狂的笑聲與拚命求饒的聲音。

「嗯嗯，看見你們這麼開心，我也很高興吶。」

根本沒人感到開心，惡魔們的喜悅就是生物散發的負面情緒。而充滿負面情緒的這裡就是他們至高無上的喜悅之地。

古木惡魔把扭轉的優雅男棍棒插在地上，接著物色下一個獵物。

在這之中，只有首領一個人快支撐不住仍努力保持理智。

他在感覺惡魔把視線從他身上移開的瞬間採取行動。

將身邊失去理智的部下丟給惡魔，往房間角落跑去。

那邊有個緊急出口。他甚至沒跟部下說過有連接下水道的通道。

只要撞破薄薄的牆壁滾進去，就能從這裡逃脫。首領確信自己能獲勝。但就在下一刻，一隻撞破牆壁出現的粗壯藍黑手臂牢牢扣住了他的肩膀到胸膛。

「嗚嘎！」

被高舉到半空中，肺部空氣全被擠出來的首領呻吟。

打破牆壁伸出來的不只有抓住首領的某人的右手，一段距離外的地方出現了三隻打破牆壁的左手臂。

首領發現這意味著什麼而瞪大眼睛。最後破壞地下室牆壁與天花板出現的，是個有一身藍黑色皮膚、六隻手臂的龍人族。

比一般體型的龍人族高出兩顆頭。

「伊格茲帝齊資，盟主（主人）交代過，千萬不能放過任何一個人。」

異形龍人粗野的聲音帶著雜訊，瞪向古木惡魔。從龍人與惡魔對等的說話方法來看，龍人應該是惡魔的同夥吧。

「咯咯咯咯，原諒我原諒我。只是因為這些人的情緒把我的肚子填太飽了，這麼久沒來現世，餓肚子可沒辦法創造完美藝術啊。」

被龍人惡魔隨意丟棄的首領朝抱頭發抖的部下群落下。有人因為衝擊而骨折，也有人無法面對現實，大笑出聲。

市井小混混怎麼可能招架兩個惡魔。

那可是童話故事中勇者的工作。

「快點辦完，沒時間了。」

「藝術可是要花時間琢磨，真是的，盟主根本不懂。」

「飢渴毒蠍」首領聽著兩個非世間存在之物在他頭上輕鬆對話，聲音越來越遠，他也失去意識。

最後只聽見不知是誰的驚聲尖叫。

太陽尚未升起的清晨，閃靈賽巴收到報告。

發現的人是正打算從觀光城堡的值班室回家，負責夜間警備工作的士兵。

接到消息後，如字面所示，閃靈賽巴領著一群騎士搭乘城堡專屬的蜻蜓艇直飛現場。

才一抵達，看見問題場景的年輕人立刻把早餐吐得一乾二淨。

幾乎沒有騎士一臉平靜，有人看了一眼就立刻背過身，有人一臉慘白地遠離現場，甚至有人昏倒。

龍人族的表情難以觀察，但閃靈賽巴瞬間用雙手遮住嘴巴。

看到現場狀況後便理解了前來報告的士兵所說的「感覺很像某種沒見過的設施」是什麼意思。

雖然理解，然而理智與情感是兩回事。

閃靈賽巴也啟動了幾個強化精神耐性的【主動技能（Active skill）】，才總算有辦法直視。

帶來的部下大半都因為這悽慘的事發現場變成廢人，閃靈賽巴咬牙切齒。
閃靈賽巴要傳令兵「去把可以提升精神耐性的魔法師找來」後，踏入現場。
「你沒事嗎？」
同行的副團長臉色也很差，他拿手帕壓住嘴小聲說：「是的，還能撐。」
閃靈賽巴在巡邏時也有經過這邊好幾次。
勉強還能住人的住宅林立的地方，現在已經被整理得很乾淨，擺放於此的異形藝術作品特別顯眼。
「說什麼設施，竟然是這個啊……」
「團長？」
既然是這世界沒有的設施，沒有人知道也是理所當然。
立著大拱門招牌的入口處，以海報字體寫著「歡迎光臨　飢渴毒蠍　人物園」。
入口左右的牆壁畫了閃靈賽巴熟悉的動物的圖畫。長頸鹿、獅子、大象和河馬等動物的二頭身可愛模樣。
「這玩笑也開太大了……」
閃靈賽巴不禁口吐近似呻吟的喃喃自語。
裡面有與地球的動物園相似的柵欄圍籠，展示著幾個生物。
那幾乎全是醜惡、奇怪且噁心的東西。

至於其他展示的東西，也讓人只有想吐、異常等感想。
柵欄圍起來的中央特別架高，以長椅圍出類似休息區的地方。只是擺放在那邊的長椅是露出痛苦表情，四肢著地，手腳被固定在地上的男人。正中央寫著「奇蹟之泉」，幾個小時前組織首領還被裝飾在上面，他被埋在整面塗成金色的牆壁當中。
臉皺成一團，邊哭邊說著「救我、救我」。他的淚水滑過臉頰的瞬間變成金幣，金幣的量多得幾乎掩蓋住牆壁下方。
掛著「蛇」看板的柵欄內，男人的臉從肉壺中露出來。
把人類拉長扭成繩子狀後捲曲堆疊成壺狀，讓脖子以下變成繩子的男人身體就像蛇纏繞般進出壺口。
下半身變成數十隻人類手臂的男人表情扭曲，臉上流滿汗水、淚水和鼻水抱頭痛哭。這個柵欄旁掛著寫上「章魚」的看板。
寫著「導覽板」的直徑兩公尺的圓形水晶正中央鑲嵌著一張男人的臉，園內的展示說明如咒語般不停從他口中流瀉而出。
掛著「馬」看板的柵欄內是個人臉馬身的男人，馬身是硬把人類身體拉成馬的形狀，彷佛鬧飢荒的皮包骨。
被塞進樹木中，半個身體與樹木同化的人，身上有隻將近兩公尺的紅色毛毛蟲不停啃著樹皮。毛毛蟲當然也是人類變形而成，雖然有掛看板但沒寫字。

抵達的騎士與士兵都在看見現場的瞬間轉身想逃跑。

比起守護王都治安的使命感，想夾尾逃走的心情更勝一籌。

還特別交代不可以讓叫來提升大家的精神耐性的魔法師看到這些，讓他待在後方。

在閃靈賽巴的指示下，將人群隔離在現場周邊外，同時通告觀光城堡也暫時禁止進入。從城堡頂樓的天守閣可以一覽這個人物園。

獲得精神耐性，好不容易可以行動的騎士們一邊擦著冷汗一邊說：「這不是人類所為吧。」「惡魔啊……」

搭起帳篷當簡易辦公室，閃靈賽巴和屬下們四處調查被弄成異形的男人，試著找出能說話的人。

雖然剛才狀況混亂，他們總算從變成長椅的其中一個男人口中問到了做出這種野蠻行為的人的名字。

「聽說是……伊格茲帝齊資。」

副團長看著周圍，戒慎恐懼地說出這個名字。在場所有人皆表情僵硬，開始發抖。

「喔喔，神啊……」

「怎麼會這樣……」

「神啊，請祢保護我們吧。」

「為什麼那種大人物會出現在這種地方……」

他們一個接一個仰天向神祈禱，或是拿出教會的聖印朝太陽舉高。

只有閃靈賽巴一臉費解地雙手抱胸，所有人的視線聚集在他身上。根本不知道部下們羨慕地心想「這個人的精神怎麼會如此強大」的當事者環視部下後開口：

「我說……」

「有什麼問題嗎，團長？」

「那個伊格茲什麼的……是什麼？」

在場所有人都往前跌倒。

「你、你不知道嗎？」

「完全不知道，那傢伙很有名嗎？」

部下全都難以置信地抱頭，這讓閃靈賽巴感到無比不自在。

副團長看不下去，簡單地向他說明重點。

聽說世界由陽神（光神）和夢神（夜神）一分為二，而伊格茲帝齊資就是附屬於夢神之下的小神。

他有無數逸事被當成童話故事傳承。

其中幾乎都有他自稱為藝術家，以人類為材料創作出奇怪藝術品的場面。

他會以旅行老者的形象出現，送畫給爽快地借他住一晚的村民。

聽說那幅畫只要看一眼就會讓人淚流不止，感受到心靈被洗滌的感動。另一方面，被畫迷惑的人會喪失心靈，成為尋找同等畫作的徘徊魔。

襲擊旅行老者的盜賊及壞人則全都會變成噁心的藝術品。

「那應該不是神明，而是惡魔了吧？」

「要是真能那樣分清楚就簡單多了。詳情還請到教會詢問吧。」

副團長的建議讓閃靈賽巴皺起眉頭。

和宗教有關的事就等於麻煩，而且傳授這些事的還是那個讓人眼花撩亂的斯卡魯格。

閃靈賽巴有自信，比起耳朵聽進的說明，他會先無法忍受視覺暴力而中途退場。

雖然噁心，也不能一直封鎖這一帶。

最後決定在消息靈通的人傳出謠言前，把他們裝進運輸用的柵欄中，移到城牆外演習用的廣場。

在那之後，是要隔離做研究還是要處理掉，就不是騎士團長的工作了……閃靈賽巴這麼想。

「說起來，這些傢伙應該有被那個惡魔還是神明盯上的理由，也不會有旅行老者經過這種地方吧。有人問到其他消息嗎？」

「這個，有是有啦，但真的很無法理解……」

問話的士兵翻閱手上的筆記找出相關內容。

「聽說是因為想綁架小孩……」

「小孩？是貴族的公子或千金？」

「對方似乎是帶著女僕的冒險者的小孩。」

「那是怎樣？」

好幾個人聽到後歪頭不解，其中一個騎士舉起手。

「啊，我昨天在沙洲看到一個帶著疑似女僕的人，和兩個小孩一起走的冒險者，她們走進了王立學院。」

在「還真的有啊。」「學……生？」以及「是什麼關係啊？」的騷動中，那位騎士話還沒說完。

「那個冒險者……就是團長的未婚妻葵娜閣下。」

「「「咦咦咦咦咦！」」」

「除了斯卡魯格大人、梅梅大人和卡達茲大人，還有兩個小孩嗎？」

不知詳情的人聽到這段話，應該會以為她有超過五個小孩，而且加深了閃靈賽巴愛慕寡婦的猜疑。

「就說她不是我的未婚妻！為什麼他們要抓那傢伙的小孩啊？」

「關於這點就不太清楚了。」

「被盯上就表示她也到這裡了。那只能直接問本人了。」

「好啦好啦，團長，我們先把這邊的事情處理完吧。」

閃靈賽巴若無其事地想走出去，副團長抓住他的衣領把他拖回現場。

「唔哇～～我不想去～～」

葵娜一大早就很憂鬱，不小心在孩子們面前示弱。

早餐時，洛可希努告訴孩子在解決異狀前暫時要和葵娜分開行動，露可兩人相當失望。

但不解決現身水面的影子的問題就沒辦法舉辦祭典，也可能在正式祭典開始前取消這次的祭典。

葵娜想讓孩子們看看正式祭典的熱鬧場面，也想看繞著河中沙洲舉辦的划小舟競賽。

結果，雖然有滿滿不好的預感，她的天秤還是完全倒向孩子這邊，決定以冒險者的工作為優先。

但是抱怨一下也無妨吧。

接著，葵娜把趁孩子換衣服時召喚出的召喚獸交給她們兩人。她可是費了一番功夫才選出露可兩人也能抱在手上的召喚獸。

「喵～～」

「哇、啊……」

「哇，是貓咪耶。大姊姊，為什麼會有這隻貓？」

那是一隻純白的小貓咪，還是稚氣未脫的幼貓。

窩在露可的臂彎，瞇細眼睛喵喵叫。光是這樣就讓孩子們綻放笑容。

「雖然也不能說是代替我啦，但就讓牠陪妳們。牠還算強，有事情就依賴牠吧。」

「很強、嗎？」

露可看著手中的小貓，歪過頭。

莉朵也對被摸頭後咪咪叫的小貓露出不可思議的表情。

只有似乎施展了【調查】技能的洛可希努理解這隻幼貓的威脅性，抱頭驚叫：

「葵娜大人，這隻貓是怎麼回事……牠比我還要強耶！」

「可能也要看人。這副模樣帶上街也沒問題吧。凱茜帕魯格，就拜託你嘍。」

「喵～～」

葵娜喚作凱茜帕魯格的幼貓可愛地叫，和牠意識相連的葵娜聽見了「交給我吧！」的淘氣聲音。

「牠是天界生物，所以還滿強的，特別是身穿鎧甲的騎士那種小角色的天敵。」

「聽起來只像是想與騎士為敵耶……」

葵娜開心地說道，洛可希努不禁嘆息。

葵娜是想表達牠可以無視防禦力攻擊，會拿騎士當例子只是因為說到穿鎧甲的人就會先想到騎士，別無他意。

「妳們今天打算去哪裡啊？」

「全憑露可小姐兩人決定，大概又會去逛住宅區那邊的攤子吧。」

「不去大道那邊嗎？」

「葵娜大人也知道那邊垃圾特別多，帶露可小姐兩人到那裡太危險了。」

洛可希努不是因為人潮，而是完全把群眾當垃圾，葵娜也無奈地點頭。這反應比她失控好上好幾倍，所以葵娜決定就隨她高興。

「如果沒事，麻煩妳到市場那邊買東西。妳們兩個，逛市場也很有趣喔，那邊有很多水果，妳們可以吃吃看。」

兩人摸著移動到莉朵手中的凱茜帕魯格，聽到葵娜說的話，感興趣地眼睛閃閃發亮。

在村莊，偶爾才能拿到森林裡生長的野莓或野葡萄。

最近洛可希努會把採收回來的水果一點一點做成果醬保存。她說等量多一點就會推廣到村莊，所以莉朵還要很久以後才能吃到。

那麼直接去買現成的東西比較快。

葵娜也沒全部看過，不過市場擺著各式各樣的東西，小孩子應該可以看得很開心。

「那麼，我去冒險者公會嘍～～」

「路、上、小心……」

「葵娜姊姊，路上小心～～」

葵娜摸摸露可、莉朵，順便也摸了凱茜帕魯格後，壓抑覺得「好麻煩啊」的心情步出家門。

討厭的事就要趁早解決。葵娜飛快衝到冒險者公會，直接找坐在櫃檯裡的阿露瑪納。

「所以阿露瑪納小姐請告訴我昨天那件事的詳情來吧快一點！」

「咿！」

葵娜帶著雙倍威嚴的氣勢瞬間出現在眼前，阿露瑪納嚇得跳起來。

或許是因為感覺有點晃動的黃金光芒在【美麗灑落的玫瑰】效果加乘下，震撼度加倍再加倍。

「那個，總之先請到這邊。」阿露瑪納帶她走進昨天那間小房間。

以昨天說明的來龍去脈為前提，阿露瑪納拿出幾張委託書。

上面寫著「請排除原因，讓祭典可以順利進行」、「沒辦法出去捕魚，請想想辦法」等不清不楚的委託內容。

「哦～～？」

「妳發現了嗎？」

「嗯，這表示我不需要特地把出現的影子打倒。雖然我也不覺得能打倒。」

遊戲時代沒出現過要打倒這種巨大生物的任務。

對葵娜自己來說，不實際做做看也不知道。她的最大攻擊會對這個世界造成怎樣的破壞，就算想調查，也不能隨便找個地方攻擊。

而且還有另一件在意的事。

「一開始出現的不明影子比現在這個小很多，那個要怎麼辦？」

「目前沒有關於那個的目擊證詞，大概是畏懼巨大影子，跑到別的地方了吧……」

「因為在水中，也沒有確切證據啊。」

「是的……」

阿露瑪納意志消沉，葵娜要她別在意。

「總之我先到河上一趟，再來就看有什麼反應吧。」

「不好意思，公會這邊也在收集情報，不過先前幾乎沒遇過在水中的例子。」

「哎，畢竟要是被萊格蜻蜓的幼蟲發現，人類會被吃掉就結束了，這也沒辦法。」

很遺憾，公會也沒有確切的消息。

葵娜只能放棄，決定隨機應變去解決，接著離開冒險者公會。

「那麼～～得去那邊才行了。」

葵娜在住宅屋頂輕鬆跳躍，到了河岸。

就這樣在靠近河岸的住宅屋頂眺望艾吉得大河的狀況。

流速平穩，一艘船也沒有，飄散著與街上喧囂八竿子打不著的寧靜。

繫在棧橋的小船上，朝河面投以怨恨視線的漁夫正默默地修補魚網。有人拿釣竿垂釣，也有人只是坐在小船上呆呆地看著河面。
也就是說，這裡有很多圍觀者。
葵娜擔心要是滿不在乎地走上水面，會不會被批評沒有常識。
「啊～～討厭討厭。」
就在葵娜放棄掙扎，想站起身時，妖精妹妹突然開始吵鬧。
但她本人無法說話，說吵鬧也有點怪。
她用整個身體用力揮手試圖吸引葵娜注意，手舞足蹈地想告訴葵娜某些事情。
一開始拉著葵娜的口袋，做出想從裡面拿出東西的動作，接著做出把東西套上手指又拔下的動作，然後舉起手畫圓。
「口袋裡面？手指？……呃～～是戒指？啊，我猜對了啊……所以妳要我從道具箱拿戒指出來嗎？」
葵娜終於理解後，妖精妹妹用力點頭。
葵娜慌慌張張地打開道具箱，其中一個戒指正不停閃爍。
「咦？喂，這種時候還有人要挑戰考驗嗎？」
那是來自費爾斯凱洛一角的守護者之塔，競技場守護者的緊急召喚。
不知道「妖精妹妹」為什麼會知道道具箱裡的戒指出現反應，這大概也和系統有關吧。
葵娜緊急找了掩人耳目的地方，因為現在到處都是祭典的喧鬧人潮，只能飛上高空。

直到人們全變成豆子般大小的高度後，她高舉戒指唸出關鍵句。

「【守護亂世者啊！拯救墮落的世界脫離混沌吧！】」

葵娜腳邊噴出無數閃耀光輝的十字星星包裹住她。星星消失的同時，她的身影也從天空中消失。

接著她出現在直徑五十公尺的半圓形巨蛋狀空間裡。

天花板附近有月亮與太陽的天動說迷你模型。與外界相同，布偶太陽在天花板正中央輕飄飄地移動。

地面鋪設大理石磁磚，房間中央擺著有細緻雕刻的白色盆栽。盆栽裡種的楓樹，就是這個空間的本體。

楓樹噴出白煙，在空中凝聚固定後漸漸變形。

最後從白煙變成人型的守護者降落地面後，朝葵娜鞠躬。

葵娜好幾次來替他補充ＭＰ時，說不習慣被他跪來跪去，便阻止他下跪。而鞠躬據說是身為守護者最起碼的禮儀。

『葵娜大人，非常歡迎您蒞臨。突然找您來真的非常不好意思。』

「我不在意啦，是有人來挑戰考驗對吧。我也沒有太多時間，快點辦一辦……」

『非常抱歉，我找您來的原因和考驗一點關係也沒有。』

「什麼？」

看來是因為完全不相關的事情找葵娜來。

葵娜如此思考後，也不由得佩服守護者變得真自由呢。守護者本來就沒辦法離開守護者之塔啊。

葵娜心想，身為技能大師應該把環境稍微整備成讓他們感到舒適的空間比較好。但無法動彈的No.3壁畫守護者之類，環境對他們來說就沒太大差別了吧。

『葵娜大人？』

「噢，嗯。對不起，你繼續說。」

『這次特別勞煩葵娜大人跑一趟，是因為想拜託您去看看在這附近的另外一個守護者之塔。』

「噢，嗯，守護者之塔啊。守護者……另一個，什麼~~~~？」

葵娜聽煙霧人型守護者說完，不怎麼專心地想點頭時，這才驚叫。

上次到這附近，沒收到守護者這類的報告。

然而卻在這種時間點收到報告，這就表示那個守護者之塔是從某處移動過來了，也就是說……

「那個守護者之塔是移動式的嗎？」

『是的，如您所說。』

雖然名為守護者之塔，其中乖乖做成樓塔造型的也只有葵娜那一座而已。

大多都是只要設備齊全就能住人的住宅外型，也就是固定在一個地點不會移動。

在這之中，移動式的守護者之塔就是沒有固定場所的流浪樓塔。葵娜記得十三座樓塔中只有三座移動式。

葵娜參觀過的只有被稱為空中庭園的地方，那是個與古老優美日本宅邸相似的幽靜空間，但另外兩個葵娜也不知道。

「該不會目前在艾吉得大河裡的是……」

『是的，那個守護者之塔位於水中。因為進入我的通訊範圍內，我試著與其對話，他的啟動ＭＰ似乎已接近枯竭，可以麻煩您嗎？』

疲憊感瞬間壓在葵娜身上，讓她蹲下身。

她覺得剛剛還想「不得已時要動用銀環來排除障礙」的自己很愚蠢。

營運商特別關照下，被視為時代錯誤遺物的守護者之塔，就算葵娜使出全力也無法傷其分毫。

攻擊的瞬間，只能看見守護者毫髮無傷，而費爾斯凱洛半毀的未來。不管怎樣，在發展成那樣之前知道，真是太好了。

雖然鬆了一口氣，卻又想到另一件討厭的事。

假設葵娜替守護者之塔補給ＭＰ，然後讓他遠離費爾斯凱洛。

那她該怎麼對冒險者公會解釋，怎麼讓居民們安心呢？

老實說出口肯定會從上到下引起大騷動，葵娜的自由也會被大幅限制吧。
「這種時候就輪到受民眾歡迎的斯卡魯格……他人不在這啊……」
可以運用話術與效果，隨便想個理由幫忙應付的人，現在不在費爾斯凱洛。
然而也沒有時間等他回來。
說「我找不出原因耶」，裝作不知情也是個方法，但這樣一來船隻可能永遠無法航行，費爾斯凱洛本身會陷入糧食不足的危機中。
民眾會對下令限制的國王不滿，還可能引發政變。
得準備個好結論，讓葵娜不用出面，王都的居民也能安心。葵娜自己能斷言她絕對做不到這種事。
「……總之先去確認那個守護者之塔是怎樣的東西，再來思考對策吧……」
再怎麼煩惱也找不出答案，葵娜決定先看過守護者之塔的樣子後再思考對策。
視情況，讓他在萬眾矚目下游走就好了。
至於進入塔內的方法，也沒辦法從這邊過去。
「果然必須到那附近用戒指吧。」
『是的，如果在這一帶使用戒指，就會來這邊或是到No.3的樓塔。』
葵娜除了自己的，還擁有No.6、No.9和No.13的戒指。每個戒指分別對應每個樓塔。
要去新的守護者之塔，不是與樓塔主人的技能大師用他的戒指同行，就是要在那個守護者之塔的最近距離使用戒指。

而水中的守護者之塔平常因為保護機能，無法從水面上感知。那應該就是出現在河面的巨大影子吧。

他現在沉在河底，據說只要葵娜靠近就會現身。

葵娜請煙霧人型守護者聯繫，要他出現時掀起巨浪，葵娜會躲在巨浪裡啟動關鍵句。而那個守護者之塔似乎很勉強才有辦法做到這項行動。

葵娜急忙要煙霧人型守護者送她出塔，離開後出現在競技場的觀眾席外緣。

好險沒有被警備士兵之類的看見，葵娜鬆了口氣。但新的守護者之塔現在沉在費爾斯凱洛南邊的河底。

為防引人起疑，葵娜先移動到費爾斯凱洛北邊，王城與貴族宅邸所在的河邊後，再想辦法渡河。

然而這邊的蜻蜓艇是貴族專用，以兩隻蜻蜓吊掛車廂的方式載運乘客。

葵娜心想反正也沒打算常來費爾斯凱洛，雖然有點醒目，忍耐一下就好了。

葵娜使出【水上步行】跳下河面奔跑，沒有回頭看後方騷動的人們，一直跑到對岸。

上岸後要橫越沙洲時，似乎與教會相關人士還有曾見過面的王族擦身而過，但沒有人叫住她，她就這樣繼續奔跑。

接著再次踏上河面，這次輪到住宅區那邊出現騷動。

「啊啊，真是的！可以不要動不動就大驚小怪嗎！」
『妳早就知道會引來好奇的目光了啊。』
「我知道啦，但還是想抱怨啊！」
葵娜邊跑邊對奇奇抱怨。
為了探知是否有在靠近守護者之塔，還得仔細確認戒指有沒有發光。
就在接近沙洲與住宅區的中間地點時，戒指發出淡淡光芒，葵娜緊急剎車。
葵娜在河面上滑行幾公尺後停止。
她抬起頭來喃喃自語：「該不會跑過頭了吧？」下一瞬間，她前方的水面隆起。
衝破水面出現的是純白的巨大物體。
因為巨大，葵娜隨著他掀起的巨浪上下搖晃。要注意的就是別踩到水上漂浮的木片。
瞬間伸出水面的部分最高約有五十公尺吧。是先前那隻怪獸的兩倍以上。
微寬身軀，光滑背部，噴水的氣孔相當醒目，也就是被稱為藍鯨的生物，但這世界幾乎沒人認識。
連葵娜也聽到沙洲和住宅區傳來的驚叫聲。
圓滾滾的黑眼珠往下看著葵娜。藍鯨頭部直立起來僅僅幾秒，接著翻身由背部落水，巨大身體掀起的高浪將周圍的東西全數吞沒。
站在他身邊的人影當然也不例外。

沙洲上和住宅區的人們大為驚愕。

接著巨大身體沉入水中，被搞得一團亂的河面找回原本的平靜後，也沒有人看見原本站在他身邊的人影。

「唔唔……我關鍵句唸太慢了啦。」

水珠不停從葵娜的頭髮滴下。

在高浪撲到她身上前開口唸關鍵句都還好，但「吧！」的部分被水盛大地淹沒。

雖然順利進到樓塔內部，她也從頭到腳都濕透了。

算了，用魔法就能馬上弄乾，這也不是什麼大問題。

環顧四周，發現內部並非生物的食道或胃部之類。

像洞窟或洞穴，堅硬牆壁彷彿岩壁，這條通道往裡邊延伸。

昏暗得肉眼看不太清楚，但也不至於需要使用【夜視】。既然是守護者之塔，就不可能危害技能大師，葵娜也就大大方方地往前邁步。

然而才走不到三十公尺，就抵達一間小房間。

連門也沒有，小房間裡的東西看得一清二楚。

裡面有破破爛爛的小桌子和椅子。

坐在椅子上的木頭人偶以及幾乎頂到天花板的大時鐘。

木頭人偶連身上穿的衣服都破破爛爛。

他沒有左手，衣袖彷彿是從中間被扯斷，左腳也只剩大腿，戴著髒兮兮的三角帽子，雙眼是叉叉符號，最大的特徵是長長的鼻子。

在房間內側的是個下半部有鐘擺的大時鐘，表盤上有小門，這是和名著不同的地方。

「大概是童話之類的主題吧？」

比較兩者後也無法判別哪個是守護者之塔的核心，哪個是守護者。如果和葵娜樓塔的壁畫一樣，一人身兼二職就簡單多了。

沒辦法，只好把手放在兩者身上輸入ＭＰ。

變化立刻出現，木頭人偶發出閃亮光芒。

但桌椅破爛的程度，還有木頭人偶窮酸的模樣完全沒變，頂多只有手腳長出來。

「……時鐘是守護者～～？」

指針開始「喀嘰、喀嘰」走動的大時鐘，鐘擺也往左右擺動，再次開始運作。

葵娜做好心理準備等待時鐘直接說話，表盤上的小門在她面前打開。

「來得好！」關上「這裡是技」關上「能大師」關上「No.1的樓塔！」關上「我的主人是」關上「瑪貝璐利亞」關上「是也！」關上。

「…………這是怎樣啊……」

表盤上的小門打開，與伸縮管線相連結的黃色小鳥探出頭。

接著每說一句話就會縮回去一次，葵娜會傻眼也不是沒有道理。

「話說，這個是瑪貝璐利亞做的嗎？」

「嗯」關上「是也」關上。

會令人煩躁得心想「這句話不用回也無所謂」。

技能大師№1瑪貝璐利亞的遊戲角色是貓人族女性。

她是完全表現出「世上一切皆為數據」的人，什麼事都想做統計，簡單來說，就是個能驗證就滿足的人。

據她本人表示，她是在研究和ＮＰＣ對話的模式時變成技能大師。

葵娜也在她說「我要把高等精靈的特性全攤在陽光下」後，有段時間像遇到跟蹤狂……不是不是，是有被迫協助她驗證的經驗。

總之各種族的知名玩家應該都經歷過為瑪貝璐利亞以驗證之名行跟蹤狂之實所苦吧。

「毫無裝飾這點還真像瑪貝璐利亞耶。鯨魚胃裡有木頭人偶這點還能理解，大時鐘是代替老爺爺還是什麼啊？」

「就是這樣」關上「啦！」關上「主人」關上「說了最」關上「古老的」關上「回憶之」關上「類的那時」關上「看著我的」關上「眼神真的」關上「相當悲傷！」關上。

這個守護者似乎也有一定程度的自我。

但對話方式真的很麻煩。葵娜走近大時鐘，一把抓住為了說話跑出來的黃色小鳥後方的伸縮管線。

黃色小鳥立刻發出「嗚噎噎噎噎～～！」的痛苦呻吟。

葵娜放開手後，小鳥縮回門裡，接著氣得瞪大眼跑出來。

「妳這是做」關上「什麼！」關上「這個時鐘本」關上「身就是我」關上「的身體」關上「突然一把」關上「抓住也太」關上「沒禮貌」關上「了吧～～！」關上。

「對不起啦，我無法戰勝好奇心。」

「生氣氣！」關上。

彷彿要表現他很生氣，他利用跑出來時的衝勁，把叼在口中的戒指丟到葵娜腳邊。顏色不同，但那確實是技能大師的戒指。他氣葵娜對他出手，但似乎還是認可她了。

「我是技能大師№３葵娜，今後請多指教嘍。」

「我了解了！」關上「新主」關上「人啊！」關上「那請立刻」關上「給我接下來的」關上「指示吧」關上。

「接下來的指示～～？」

葵娜不懂這是什麼意思，所以花時間請黃色小鳥守護者詳細說明，像是守護者之塔的考驗過關條件，以及平常潛伏地點等等。

然後如果瑪貝璐利亞有留言也順便說明。

技能大師№１專用的移動式守護者之塔為藍鯨型。

轉讓技能的考驗過關條件就是釣到這個守護者之塔。只不過瑪貝璐利亞每週都會鉅細靡遺地變更上鉤的餌料。

多虧如此，到目前為止只被釣過五次。根據奇奇的紀錄，通過葵娜樓塔考驗的玩家有三百人左右，與之相比真的很少。

而平常的潛伏地點是河面或海面。

聽說是在水面上映出巨大影子，本體就藏在影子下面。雖然不太懂原理，但似乎是這樣。守護者都不懂了，葵娜當然也無法理解。

出現在河川的巨大影子大概就是那個潛伏方法吧。

雖然有影子，拿棒子去戳不會打到本體，也不會暴露真面目。

然後，瑪貝璐利亞沒有留言。

她最後來這裡時只說了一句「各位，我玩得很開心喔，再見」就離開了。這裡也有倉庫，桌子就是蓋子，裡面裝滿了潦草寫下的筆記。

「不愧是瑪貝璐利亞，還真是徹底～～」

而他會出現在費爾斯凱洛的理由似乎也和葵娜有關。

在來這裡前，守護者之塔沉在大陸沿岸的海底。因為葵娜放出去找人魚故鄉的藍龍經過那附近，讓他發現有玩家的存在。

而且還在沿岸附近發現了技能大師所持戒指的反應，他追著戒指的反應沿著大陸南下，接著從艾吉得大河出海口逆流而上。

通過費爾斯凱洛時接到其他存活的守護者之塔的聯繫，就停留在這邊了。

「喂，No.9！你為什麼沒有馬上通知我啊！」

『那是因為主人似乎正往這邊前進。No.1的MP存量還可以撐一段時間，所以我想說等到您來了再說。』

洞窟的牆面出現圓形的畫面，煙霧人型守護者就在畫面那頭鞠躬。

這是守護者之間的通訊功能，聽說他們偶爾會利用這個各塔相連的視訊功能交換意見。

而且No.1樓塔來到費爾斯凱洛時，葵娜還在旅行途中，如果當時被召喚，她就得暫時脫隊。

葵娜也沒辦法離開露可等人身邊，所以沒打算抱怨守護者的判斷。

「那麼主人」關上「我們該去」關上「哪裡」關上「才好呢」關上。

「先等等，事情沒那麼簡單。」

葵娜阻止急躁的黃色小鳥守護者，陷入沉思。

「你知道這附近建立了城市嗎？」

「我已經」關上「從No.9」關上「那裡聽到了」關上。

『關於周遭的狀況，我有向他說明過了。』

煙霧人型守護者事前已經說明基本的地理現狀，也因此指示他要把巨大身體沉在河底。

「你的巨大身影造成居民恐慌，他們以為有未知的巨大魔獸潛藏在河底。」

「我不認為」關上「有必要」關上「為ＮＰＣ」關上「著想」關上。

葵娜差點怒吼「你也是ＮＰＣ吧！」緊急在出口前用力吞下肚。

煙霧人型守護者代替葵娜說出心聲。

『No.１不可以說那種會惹主人不快的話，這等於侮辱矮人族是鼴鼠。』

「喔、喔……」關上「失禮了主」關上「人請原諒」關上「我」關上。

葵娜深呼吸一次，把心中煩躁的情緒趕出去，輕輕說了一句「我原諒你」。

說出口的話又冷又硬，然而葵娜甩甩頭調整情緒。

「你直接離開的話，人們還是會不安。就算在眾目睽睽下游走，也有可能再回來……」

「為什麼只」關上「要主人禁」關上「止我就」關上「不會再」關上「回來啊」關上。

「你以為我有辦法說明『藍鯨不是生物～～』嗎～～！」

洞窟中「嗎～～嗎～～嗎～～」的回聲環繞。葵娜不小心就把自己煩躁的心情喊出口，

想著「我不是想說這個啊」陷入自我厭惡。

很少守護者能像自己樓塔裡的壁畫一樣說起話沒大沒小。

從不懂看氣氛這點來看，這裡的守護者和瑪貝璐利亞很像。

煙霧人型守護者因為葵娜的怒氣而沉默。

「我明白了主」關上「人也就」關上「是說要用能」關上「讓居民理」關上「解的方

法」關上「離開這裡」關上「就好了對」關上「吧」關上。

黃色小鳥守護者不太介意葵娜的激動情緒，淡淡說道。

「但是，與其去其他地方，乾脆留在這裡……」

葵娜朝「如果離開會有問題，倒不如讓大家同意留在這邊」的方向提議。

『或許是那樣沒錯，但要誰同意才會讓人們點頭呢？』

「應該有統」關上「帥人類的」關上「領導」關上「人存在」關上「吧？」關上「類似」關上「公會長之類」關上「的」關上。

「公會長啊……」

葵娜認識的人當中，發言權最大的就是兒子斯卡魯格。

雖然愛用效果讓他有點缺陷，但他也是這國家的大司祭，身處能負責任的地位。

然而對葵娜來說，他的這項缺陷已經完全破壞掉「能負責任的地位」這個印象了。

「國王……？王族，梅伊……殿助……嗯～我去找梅伊說說看好了？閃靈賽巴姑且是個玩家，感覺也會幫忙。」

沉思後想到的就是梅伊麗奈大公主。

這個國家似乎是由第一個小孩繼承王位。葵娜記得曾經聽過下一任國王不是大皇子殿助，而是大公主梅伊麗奈。

『要把這件事變成梅伊麗奈公主治世基礎的其中一個功績對吧。』

「喔～～原來如此！」

聽了奇奇的意見後，葵娜對於這種想法感到佩服。

而聽不見奇奇說話的兩個守護者都滿臉問號。

「那麼我們」關上「該怎麼辦」關上「才好呢」關上「主人？」關上。

葵娜先制止黃色小鳥守護者催促，說著「辛苦你了，不好意思還把你叫出來」慰勞煙霧人型守護者。

煙霧人型守護者在畫面那頭鞠躬說：『不會，有什麼事請隨時叫我。』

葵娜留下一句「我先出去一趟和協助者商量看看」後，讓守護者送她出去。

要出去時先看了外界的狀況，接著指定要出現在沙洲學院校園中的一角。要是突然出現在街上被人看見，會相當難解釋。

「那你乖乖待在河底喔～～」

「我了解了」關上「那就麻煩」關上「妳了主」關上「人」關上。

「總之你就抱著可能沉船的期待等著吧。」

留下任誰聽來都會不安的台詞後，葵娜把身體託付給離開守護者之塔的浮游感。

被送到學院角落的葵娜環顧四周，確認沒人看見後用力吐一口氣。

「嗯，葵娜加油！這也是為了讓露可她們看祭典。」

葵娜握拳替自己打氣，首先朝梅梅的辦公室邁開腳步。

「媽媽！」

葵娜敲門走進學院長室，梅梅發出聲響站起身，一臉驚訝地迎接她。

「怎麼啦，幹嘛喊那麼大聲？」

葵娜一臉疑惑地問，便被迅速靠近的梅梅用力抱住。而且女兒的身體似乎有點僵硬。

葵娜完全搞不清楚狀況，頭上冒出無數個問號。

「噢，太好了，梅伊說媽媽被怪魚掀起的大浪吞噬，我好擔心。」

橫越沙洲時看見的人果然是梅伊麗奈和倫蒂。

她們大概認為葵娜急忙的樣子非同小可，追在後面就目擊了藍鯨躍出水面的那一幕。

「梅梅，還真讓我意外，妳認真以為我會因為那種大浪出意外嗎？」

「咦？那個……」

梅梅視線朝無關的方向游移，相當焦急。

「媽媽是技能大師沒錯，但是，那個……」

梅梅聲音越來越小，葵娜苦笑著伸手摸摸女兒的頭。

「好啦好啦，謝謝妳擔心我。」

「……媽媽。」

梅梅眼眶泛淚，再次抱緊葵娜。

葵娜把身體交給令人舒適的體溫，在梅梅放開她的同時問梅伊麗奈去了哪裡。

「梅伊嗎？我記得……她相當慌張……啊啊，這麼說來！」

梅梅努力尋找記憶，接著用力拍手並大叫：

「我記得她說要總動員騎士團去找媽媽！然後就跑走了。」

「什麼？」

葵娜覺得梅伊也太慌張，也認為公主的命令應該無法動員騎士團。

而且騎士團團長是閃靈賽巴，就算說明狀況，他也相信葵娜不會因為那種小事死掉吧。

騎士團應該不會隨隨便便就跑來搜索。

但總覺得有點不安。

在騎士團內部「葵娜是閃靈賽巴的未婚妻」這項謠言尚未剷除，也不能排除這個謠言發揮效應，發展成騎士團隨便就跑出來搜索的事態……

葵娜越來越不安，說著「我去王城一趟」就要走出學院長室。梅梅一臉擔心地阻止她。

「王城……媽媽，妳不是很討厭那種地方嗎？」

「要看時機和情況啦。我現在有點急，而且我也有事情要找梅伊商量。」

梅梅盯著母親的臉一會兒，突然開始整理桌面，然後挽住葵娜的手。

「我也一起去。」

「咦？」

「況且媽媽一個人沒辦法進王城吧，只要有我跟著就沒問題。」

女兒拉著她說「快點快點」，葵娜邊笑邊說「謝謝」。

從沙洲北側搭上車廂式蜻蜓艇移動到貴族區。因為是梅梅的回程，葵娜也不需要付錢。

就這樣直接走過主要大道朝王城前進。

就能讓五輛馬車並排通過的大道來說，人也太少了。

除了偶爾有馬車經過，只有看見穿著某種制服的人抱著行李迅速移動的身影。

梅梅說那些是貴族的管家或傭人。

「對了，梅梅不坐馬車嗎？」

「噢，哈維家在蜻蜓艇的搭乘處附近，走路就能到了。」

「這樣啊？那從那邊不坐馬車就沒辦法去王城嗎？」

「啊哈哈，媽媽在意的點還真奇怪耶。除了魔法師團有急事，我都走路去喔。」

童話故事中出現的貴族給人總是搭馬車的印象。這世界以遊戲為基礎，果然還是有點不同。

王城位於主要大道的盡頭，被與城牆不同設計的高牆包圍。

正面的大門關著，大小大概能讓前幾天召喚出來的等級990白龍輕鬆通過。

旁邊還有小門，左右站著騎士。雖然是小門，高度與寬度也能讓馬車直接通過。

梅梅挽著葵娜的左臂對騎士說：「嗨～～」其中一個騎士繃起臉。兩個都是人類騎士。

「哈維夫人您又來了，已經對您說過多少次，前來王城時請搭乘馬車。」
看來梅梅的常識也並非這世界的一般常識。
葵娜一看梅梅，她一臉惡作劇被揭穿的表情。
「我有事要找公主，可以進去嗎？」
「這是沒問題，但那位一般人也一起嗎？」
兩位騎士拋來銳利視線，覺得可疑地上下打量葵娜。
大概是她一身冒險者打扮被判斷與此地不相襯吧。
「你有什麼意見嗎？」
「我們很懷疑是否真的能讓這位女士進入王城，她也可能是什麼不明組織的手下。」
因為有梅梅跟著，沒被賞閉門羹就算好了，葵娜也很明白騎士們想警戒的心情。
葵娜身為這世界最強的戰士，光憑這點被當成危險人物看待也不算錯。
「我可以為這位女士做擔……」
「「「啊啊啊啊——————！」」」
對騎士失禮的視線生悶氣的梅梅正打算拜託他們讓葵娜進王城時，門內傳來驚聲大叫。
守門騎士轉過頭去，發現前方是三位女性騎士。她們相當開心，從門旁邊另外為個人通行開的門爭先恐後地跑出來。
「葵娜大人！好久不見！」

「前陣子非常謝謝妳！大家多虧妳關照了！」

「今天怎麼了嗎？是來見團長的嗎！」

「啊——嗯，妳們好。」

她們的反應太過激動，不僅葵娜，連梅梅也嚇得目瞪口呆。

她們是葵娜隨著騎士團遠征時認識的女性騎士。

野營時把床借給葵娜睡、告訴葵娜行軍時的規矩等，相當照顧她。

擔任警衛的騎士同樣嚇得目瞪口呆，好不容易抓到對話的空檔詢問女性騎士：

「這位女士是妳們的朋友嗎？」

「咦？啊啊……呃，你們是在幹什麼啊！」

三人面面相覷後觀察周圍狀況，看到在門前空等的葵娜兩人，便朝警衛怒罵。

「「是、是——！」」

看來她們的地位比警衛高，兩個警衛端正姿勢站得直挺，冷汗直流。

「這位女士是大司祭斯卡魯格大人、梅梅大人的母親。竟然懷疑她是可疑人物，你們知不知羞啊！」

「「是、是的！非、非常不好意思——！」」

看見警衛騎士以幾乎要跪地的氣勢鞠躬道歉，葵娜再次感受到孩子們有多厲害，雖然其中一個有點可惜。

「要是卡達茲大人知道這件事，不知道會說什麼……你們已經做好覺悟了吧？」
不知為何，警衛們聽見卡達茲的名字就開始發抖。
卡達茲應該和騎士團毫無關係，他們到底在怕什麼？
葵娜不解地歪頭後，梅梅小聲告訴她：
「新人騎士啊，絕對會去接受卡達茲的洗禮。」
似乎是為了重新鍛鍊他們對身分的習慣以及脾性，新人會被派到卡達茲的工坊做搬東西等雜事。不停被怒吼，偶爾還會被打，藉此矯正他們的個性。
「那是什麼新兵訓練營啊……」
「？」
就是這樣，在警衛戰戰兢兢的目送下，女性騎士領頭帶她們進入王城，並請騎士直接帶她們去梅伊和閃靈賽巴所在的地方。
聽說她們平常在王城中負責女性王族的護衛工作。
「話說回來，真是剛好呢。」
「現在公主殿下正好在團長那邊。」
「一直試圖說服團長，說葵娜小姐需要救援。」
「這麼說來，葵娜小姐不就在這裡嗎？」
「公主殿下是想救葵娜小姐以外的誰嗎？」

聽到這裡，葵娜心中滿滿的歉意。

不僅不小心讓梅伊看見自己匆忙的樣子，還讓她多操心了。

葵娜不禁摀住臉，梅梅拉著她的手往目的地前進。

沿著王城外牆往西前進四分之一圈左右，就是目的地騎士辦公室。

建築物前，高大的龍人族和一個嬌小的女性正在交談，距離遙遠也能聽見他們的對話。

「所以我剛剛不是說了嗎！人被大浪吞噬了！」

「我不認為有必要出動騎士團去救一個人，如果那是葵娜就更不用說了！那傢伙根本不需要人救！」

「你不擔心葵娜小姐嗎？我聽說她是你的朋友。」

「就說了，那和我的工作沒關係！騎士團不是可以因為個人因素出動的組織，而是成立於國王的命令之上！」

葵娜終於忍不住躲到女兒背後，梅梅對此苦笑，因為她聽見兩人的爭執而了解狀況了。梅梅沒有親眼見到怪魚出沒的那一幕，全是聽人謠傳。認識的人在眼前被巨浪吞噬確實會讓人焦急不已。

所以梅梅率先開口喊梅伊麗奈。

「公主殿下！」

「咦？啊、是的！」

梅伊麗奈反射性做出直立不動的姿勢。梅梅在學院裡是相當重紀律的老師，這是她看見梅梅的條件反射動作。

梅伊麗奈轉過來後，梅梅把躲在她背後的母親推到前面。

「媽媽平安無事。」

「欸，梅梅！」

「葵娜小姐！」

葵娜突然被推到兩人面前而不知所措。梅伊麗奈立刻飛撲上前，葵娜慌張地接住她。

「葵、葵娜小姐妳沒事！沒事真是太好了！我、我看到那一幕……葵娜小姐、葵娜小姐被！」

感動至極的梅伊麗奈抽抽噎噎地哭了起來，葵娜抱緊她。

另一頭，閃靈賽巴有點無言地嘟囔著：「我就說吧。」

「啊！這該不會是大不敬吧！」

「事到如今還說什麼啊。」

突然回過神的葵娜一邊安撫梅伊麗奈一邊說，閃靈賽巴傻眼地回答。下一刻，旁邊的騎士們噴笑出聲，瞬間充斥著笑聲。

直到梅伊麗奈情緒平穩前，葵娜都溫柔地輕拍她的背。

「妳這樣做感覺好像母親耶。」

「咦？這裡不就有個高大的女兒嗎？」

「媽媽……怎麼說人家高大，太過分了。」

突然聽見自己出現在葵娜和閃靈賽巴的閒聊中，梅梅「嗚嗚嗚嗚」地裝哭。

閃靈賽巴似乎沒想到梅梅會跟著反應，嚇得睜大眼睛。

「幹嘛啊？」

「沒、沒有啦～～我只是在想，妳也會做出這種反應啊。我沒有惡意，如果讓妳不開心，先跟妳說抱歉。」

「在媽媽面前啊，當然是最真實的一面比較好。」

「是這樣嗎？」

「就是這樣。」

看來閃靈賽巴只知道梅梅當嚴格教師的一面，他覺得稀奇地看著梅梅在葵娜面前老實坦誠的態度。

另一方面，葵娜對終於停止哭泣的梅伊麗奈說「好，用力擤」，彷彿母女一般。

「哎呀～～應該還有王妃殿下吧，我這樣做真的可以嗎～～」

「……媽媽……」

葵娜現在才如此確認，梅梅也感到傻眼。

「梅、梅梅老師！請千萬別對母親說這件事！」

「咦～～梅梅認識王妃殿下啊？」
「啊，算是啦。」
梅伊麗奈太拚命拜託，讓葵娜感到疑問。聽梅梅說，王妃殿下偶爾會約她一起喝茶。
「是為什麼會變成那樣啊？」
「現在的王妃殿下也是我以前的學生。」
「啊，這樣啊。」
葵娜有點在意，在別人眼中是怎樣看待比女兒更加年長的自己呢？
「話說，妳不是搬到邊境村莊住了嗎？今天怎麼突然出現在王城裡啊？」
「噢，對了對了！這麼說來我有事找你們。」
一個不小心就閒聊了起來。閃靈賽巴提問後，葵娜才拍了手，差點就忘了到這裡來的目的。
「我有件事情想偷偷拜託梅伊和閃靈賽巴。」
「拜託我嗎？」
「我也要？」
大公主和騎士團團長聽到這句話後面面相覷。
「理由是？」一閃靈賽巴一問，葵娜環顧四周。
這裡是騎士辦公室前，到處都是騎士，幾乎所有人都在訓練，但也有人好奇地偷聽他們說話。

葵娜一臉為難地含糊其辭：「這裡有點不太方便。」

察覺到什麼的梅伊麗奈說著「那麼請到這邊」，邁步領頭前進。

穿過應該是後門的地方，經過廚房，王城裡的廚師對這奇妙的組合感到驚訝。走過走廊、走上階梯，接著又走過走廊後進入房間。

「那個，這裡是？」

「偶爾會用來練舞，現在是空房間。」

梅伊麗奈微笑著問：「這裡可以嗎？」葵娜環視房間。

大約有學院教室大的房間，除了地毯，只有櫃子。

沒有窗戶，只要沒人偷聽，正適合密會。

葵娜又設下一層【阻隔結界】。如此一來，在房間裡的對話絕對不可能外流。

「然後呢？」

「你還真性急耶。」

「喂，我可是騎士團團長，還有文書工作要處理，長話短說、長話短說。」

「好啦好啦。」葵娜回答後思考著：「該從哪邊說起呢？」

「那個啊，河裡出現的巨大影子，就是梅伊剛剛看見的那個白色怪魚。」

「什麼，就是那個嗎？」

葵娜直截了當地說出口後，梅伊麗奈嚇一大跳，但閃靈賽巴搞不懂而皺眉。

「那個大小和聽聞中的相差太多了吧？」

「那個影子只是虛張聲勢，本體大概只有一百公尺左右。」

「等等等等等等等！妳別和殿下自顧自地說啊，說詳細點！」

閃靈賽巴整個人擠到兩人之間，打斷葵娜的視線和對話。

「是你要我長話短說啊。」

「讓我也能聽懂的長話短說，別只有妳們兩個人懂。」

「但這樣就會變成梅伊聽不懂了耶。」

葵娜雙手環胸碎碎唸，閃靈賽巴重重嘆了一口氣。

「好啦好啦，長話也無所謂，妳從頭說起，視情況我也會幫忙。」

「喔，太好了，有你幫忙就幾乎穩當了。」

「媽媽，我也會幫忙喔。」

原本靜靜聆聽的梅梅也表達參加意願。都還沒聽完詳情，梅伊麗奈就像要對抗般也點頭表示：「我也會幫忙！」

「嗯，等我先詳細說明狀況後再來思考該怎麼辦吧。」葵娜先說了這句話後，開始說起包含自己所知資訊的狀況。

「就是關於前幾天出現在艾吉得大河裡的巨大影子，那其實是守護者之塔啦。」

「噗！」

「什麼，是這樣啊。」

「守護者……？」

說出這與世界根基相關的消息後，三個人有三種不同反應。

閃靈賽巴一口氣噴出來，梅梅佩服地點點頭，梅伊麗奈則是因為沒聽過的名詞而不解地歪頭。

「喂～～～～～～！對公主說那種事情沒關係嗎～～～～！」

閃靈賽巴抓住葵娜的肩膀，迅速移動到房間角落。

他瞪大眼睛，距離近得幾乎要接吻，巧妙地壓低音量質疑葵娜。

「我又不會有損失，而且梅伊也不會到處亂說吧？」

「就算她不會對外說，也會跟國王說啊！」

「那才真的是現在說也太晚了。斯卡魯格、梅梅和卡達茲早就知道我是技能大師，國王大概早就從他們口中得知了吧。」

「……這樣說是沒錯啦。」

閃靈賽巴頓時失去氣勢放下手，葵娜走回一臉擔心的梅梅和梅伊麗奈身邊。

「葵娜小姐，這是可以讓我知道的事情嗎？」

「噢，守護者之塔嗎？梅伊應該知道我和梅梅會使用【古代技法】吧。」

「嗯，是的，沒錯。」

「守護者之塔就是進行考驗的地方。只要通過考驗，就可以得到一個【古代技法】，而我就是管理者。」

「咦？咦、咦咦咦咦咦咦咦咦咦咦咦咦咦咦咦咦咦！」

梅伊麗奈嚇得幾乎要把肺部空氣全擠出來地大叫，過度驚訝到中間忘記換氣而猛咳。

梅梅輕拍梅伊麗奈的背，試著讓沒氣的她冷靜下來。

看見梅伊麗奈冷靜後，接著換閃靈賽巴提問。

「妳之前不是說要去把其他機能停止的樓塔喚醒嗎？就妳所說，那麼那個樓塔應該機能停止中吧？」

「原本幾乎要停止了，現在能活力充沛地游給你看喔，我保證。」

「別做那種保證！」

葵娜笑著接下閃靈賽巴的吐槽，又繼續說：

「我要商量的事情就是關於那個守護者之塔。我想把他擺在費爾斯凱洛附近，你們覺得該怎麼辦才好？」

「想拜託我們的就是這件事啊……」

閃靈賽巴手擺在嘴邊沉思，梅伊麗奈也做出相同動作抿嘴。

「媽媽，也就是說想要不給任何人帶來困擾地把他藏起來對吧？」

「不，就算讓人來看熱鬧也沒關係，我想讓他浮在水面上。」

因為通過考驗的條件是「釣到他」，只要變成看熱鬧的目標，就不會有人想要「釣他」了吧。

「視狀況還可能發展成新的觀光景點啊。」

就像用廢建材建造的城堡一樣，說不定可以吸引人潮。再怎麼說，費爾斯凱洛都被稱為景觀都市，多增加一兩個名勝也沒太大差別。

「這有點困難。」

「是啊，正如騎士團團長所言，他一開始帶給人的印象太差了。」

梅伊麗奈替閃靈賽巴補充說明不安的因素。

最關鍵的部分果然是一開始引起騷動的「巨大魚影」。

壞印象已經完全滲透到漁業關係者之中，現在才詔告天下說不用擔心，也無法輕易讓人認同。

「有沒有什麼好點子可以強行攻破這點啊？」

「別說那種為難人的話，妳要我一個小小的騎士團團長對那個巨大東西做什麼啊？」

「我又沒有要你把他舉起來。我給你兩個技能當報酬如何？」

「……唔。」

葵娜豎起兩根手指，挑釁地看向閃靈賽巴。他頓時沉默，大概是在腦海中衡量得失吧。

葵娜心想有機可乘，露出滿臉笑容，又多伸出一根手指加碼：「三個技能，這樣一來就能視情況幫我了吧。」

「好啦好啦，我幫忙，這樣可以了吧。」

「耶，太棒了～～！」

葵娜開心地握拳高舉。梅梅對她說：「媽媽，妳這樣有失體統喔。」

「那麼，那個怪魚聽得懂人話嗎？」

「只要進到內部就能和他說話，但那樣會讓表面的威嚴盡失耶。」

「那是怎樣啊？」

葵娜回答梅伊麗奈的提問。

看到他得把門開開關關才能對話的模樣，肯定已經超越傻眼，而是會受到衝擊吧。

「只要把他抓起來讓他說出自己沒有攻擊的意思，居民也能理解吧。」

「不能說話是要他怎麼回話啊？」

「那個就……是妳在管理的，妳替他說話不就得了。」

「啊啊，那感覺也不錯。這樣的話，再加個類似發光球體的幻影，多少可以創造出威嚴吧。」

「妳是打算弄成神之使者嗎……」

「就是這個！」

兩個玩家的對話逐漸朝閒聊發展，梅伊麗奈從旁插嘴。

她帶著滿臉笑容的燦爛表情，抬頭看閃靈賽巴。

「這個是哪個？」

「騎士團團長剛剛說的。葵娜小姐，妳就當神之使者吧！」

「什麼？」

突然被分配角色，葵娜呆愣地張大嘴。

「說的也是。只要媽媽扮成神之使者說『正在尋找安居之地』，梅伊就可以回他『那就將這塊地提供給你居住』了吧。」

「老師！就採用這個方案吧，就這樣做！」

梅梅和梅伊麗奈兩人的對話漸漸有了結論。

看著兩人「這也不是、那也不是」的熱絡討論，葵娜和閃靈賽巴自覺被撇到一旁了。

「嗯～～」

「怎麼啦？」

「我是不是該準備什麼謝禮給梅伊啊。」

「給吧給吧，兩個技能、三個技能都好。」

「這世界的居民沒辦法學耶，因為沒有道具箱。」

「嗯？噢，這樣啊，那就送東西吧。」

「東西啊？防毒、防麻痺的項鍊可以嗎？」

「那在現在這個世界可是國寶級。哎，反正她是下一任國王，那種東西可以吧。」

「喂，媽媽！騎士團長閣下！你們兩個別說悄悄話，也過來好好參與討論啊！」

兩人商量該送什麼謝禮時，被梅梅罵了。

「「好好好。」」

「回答要說『好』才對！」

「「好啦～～」」

最後綜合幾個方案，決定把守護者之塔釣起來，計畫就從這裡開始。

「那麼就由騎士團來釣守護者之塔。釣竿要怎麼辦？」

「去拜託卡達茲吧，工坊現在處於開門停業狀態，他應該會很樂意接受。」

梅梅回答閃靈賽巴的疑問。

梅梅成為整個計畫的主導者，接手負責所有細節。

「就請公主殿下在特別設置的看臺上等待，釣到守護者之塔後就請妳問他是誰。」

「你到這裡來有什麼目的？為什麼要擾亂人民的生活？……這樣說可以嗎？會不會有點自以為了不起啊？」

「梅伊不是下一任女王嗎？不是自以為了不起，是真的很了不起。」

「接著輪到媽媽登場，請以光球的模樣出現在守護者之塔上面。」

「光球啊，像這樣閃亮亮？」
「妳幹嘛現在就閃啊！」
「葵娜小姐，這有點太刺眼，沒辦法直視啊。」
「實際上距離更遠，只要能嚇到城市裡的居民就好了吧？」
「必殺，七彩虹光。」
「妳當攬客霓虹燈啊！那可不是小鋼珠店的招牌耶。」
雖然接連冒出幾個危險的名詞，但梅梅不斷下指示並確認，所以沒有人吐槽。
「然後媽媽就說『請讓我對引起騷動一事道歉，我正在尋找安居之地』。」
「呃～～……『請讓我對引起騷動一事道歉』這種感覺嗎？」
葵娜命令奇奇從幾個樣本音源中選出會被用在恐怖電影的恐怖聲音變換自己的聲音，當然是【變聲】技能。這本來需要有作用對象，在場所有人都嚇得轉過頭。
「剛剛那是什麼聲音，從哪裡發出來的啊？」
「媽媽，妳這樣好像壞人耶。」
「讓人有點發寒，城裡的居民沒有問題嗎？」
「媽媽，沒辦法再更有從天而降的感覺嗎？」
「那是什麼啦！」
就算是技能大師也不是完美無缺、無所不能，沒辦法做到太誇張的要求。

因為每個人對聲音的接受程度不同，最後決定採用在空中寫字的方法。

「與其寫平假名，寫當地文字比較好吧？」

「妳先交雜漢字寫完，再切換成當地文字不就好了嗎？」

「就這樣做吧。」

似乎是遊戲時代的影響，現在這世界的書寫文字使用平假名與片假名，而葵娜提到的當地文字就是變形英文字母。

是像用沾滿墨水的筆寫ＡＢＣ之後再轉九十度讓墨水滴下來的文字。玩家能毫無障礙地閱讀，全多虧創角時已經有【理解語言】的技能。

「接著公主殿下只要說提供這塊土地給你居住就可以了。」

「『提供這塊土地給你如何呢？請你守護這塊土地上的代代子孫』這樣可以嗎？」

「這有人能接受嗎？感覺會出現懷疑的人耶……」

「那應該是有所圖謀的人，只要我們稍有鬆懈，應該會被趁隙而入。總之，騎士團長閣下請認真點。」

「我說完『好吧，那我就暫時待在這裡』後，讓守護者之塔待在沙洲上游那一側就好了吧？」

「好，媽媽這邊也要認真一點。」

「要做的事情也太多了吧。總之先把【風精靈】交給梅伊幫忙擴音，我身上纏繞【附加白光】等級九，然後在空中寫字……我這邊也召喚【光精靈】出來輔助吧。」

邊折手指邊確認環節。因為聲音無法直接傳進守護者之塔，只能說明流程後從裡面確認外面的畫面，接著讓他移動。

慎重起見，葵娜也想問No.9能不能協助，讓兩個守護者邊通訊邊和外界攜手合作。

但守護者之塔藍鯨只需要被釣起來、停止、移動。

「我聽說要用花束當釣餌，這樣可以嗎？」

「那也比較好丟吧。我會先跟守護者說，丟一頭牛也太浪費了。」

「然後，那個……要進行這個計畫需要先跟父親說一聲，可以嗎？」

「公主殿下也沒有權限調動騎士團，我也會一起去拜託，別擔心。」

最後掛心的就是這件事。

不管計畫多縝密，只要國王反對就無法成立。

「這等於自導自演引發事端，也不知道國王會不會同意。」

「沒問題，在上一次會議時，斯卡魯格大人解釋了葵娜小姐的許多事情，我想父親也能理解！」

「……為什麼會在會議中提到我呢……？」

這是理所當然的疑問，但梅伊麗奈表現出不能說的態度。

公主也不能到處亂說國家會議的內情。

只要能取得國王同意，閃靈賽巴就會透過朋友通訊功能通知葵娜。

原本打算跟著梅伊麗奈一起出去的閃靈賽巴說著「哎呀，差點忘記」又折返葵娜身邊。

「怎麼了？」

「我有件事情要問妳，妳知道『飢渴毒蠍』嗎？」

「那是什麼，哪個公會的名稱嗎？」

「妳不知道啊，就是類似黑道組織啦。他們似乎想綁架妳帶來的小孩。」

葵娜瞬間目帶凶光，但馬上想到什麼而拍了手。

「噢，小希說她打敗了一群人，大概就是那個吧。」

「小希？」

「召喚女僕啦，我把家裡和小孩交給她管理。」

「噢，那個金錢隨從啊。」

金錢隨從是對召喚管家、女僕輕蔑的稱呼。這些遊戲廢人的專屬物在遊戲中是大家忌妒的對象。

「妳和他們毫無關係吧？絕對沒關係吧？」

「你還真煩耶，發生什麼事了啊？」

閃靈賽巴甚至伸出手指加以確認。或許是什麼只有玩家才知道的事情吧。

「有個叫伊格茲帝齊資，不知道是神明還是惡魔的東西跑出來，把那些傢伙弄得一團亂。現在回想起來還是讓我發寒啊……」

「伊格茲帝齊資？那不是魔界地區的中等頭目嗎？那種東西會到處亂跑嗎？」

那是會動員外型噁心的屬下使陰謀的惡魔之名。頭目本身實力不強，但會大量使用陷阱，是很麻煩的敵人。

那種東西要是像海盜船長（Terra skeleton）一樣到處跑，可是會讓人相當厭煩耶。

「妳知道嗎！妳能召喚出來嗎！」

「我怎麼可能召喚得出來啦，只有魔人族可以召喚惡魔……」

葵娜說出口的同時，心頭有個東西塵埃落定。

這是諸多限制中的一個，只有魔人族能用【召喚魔法】召喚惡魔。

而如果那是【召喚魔法】，就證明了這世界有高等級的魔人族玩家存在。

「喂，妳幹嘛露出那麼噁心的笑容啊，還好嗎？」

「沒有，只是覺得得到了一個好消息呢，謝謝你啦。」

「喔、喔。」

閃靈賽巴似乎確認完畢，他和梅伊麗奈要去做準備謁見國王。

梅梅迅速把計畫概要寫下來交給梅伊麗奈。

「梅梅也跟著去說明比較好吧？」

「這樣一來就沒有人可以送媽媽出王城了。不過這次大家也認識了媽媽，以後媽媽可以靠臉通過大門了。」

「這不是個令人太開心的消息耶。」

在王城中忙碌走動的侍女與管家不可思議的視線注目下，她們沿著來時路走出王城，包含副團長在內的幾位騎士等在門口。

「哎呀，怎麼了？」

梅梅一問，似乎是閃靈賽巴事前已經交代要讓他們送葵娜到蜻蜓艇起降場。

「今天早上才發生那種事，這也是護衛葵娜閣下的一環。」

「我覺得一介冒險者應該不需要吧。」

「別這樣說，妳是團長的未婚妻，有備無患。」

聽到這不必要的一句話，從緊摟住葵娜左手的梅梅身上聽見了世界出現裂痕的聲音。

「媽媽？未婚妻是怎麼一回事啊？」

梅梅被陰沉氛圍籠罩，幾乎要聽見「咻～～轟隆轟隆～～」的聲音。那副模樣讓圍在身邊的騎士倒退一步，大家都臉色發白僵住了。

葵娜拍拍梅梅的背要她冷靜，說了「只是誤會，妳不用在意啦」然後邁步前進。

拉著胡亂叫喊「媽媽，等一下！我不能當作沒聽見那句話！」的梅梅離開。

「不好意思，打擾大家了～～」

「媽媽，妳聽我說！」

副團長不知是因為恐懼還是什麼情緒，無言地目送她們離開，接著才回過神來指示騎士：「兩三個人跟上去護衛。」女性騎士們立刻追上葵娜。

「「「請等等～～！」」」

「咦，妳們怎麼啦？」

「請讓我們」「送妳到」「起降場。」

梅梅制止一臉說著「不太需要耶」的葵娜，滿臉笑容地回應：「那就麻煩妳們了。」她們也回應：「「「是～～」」」以前二後一的隊形圍住葵娜兩人。

梅梅用力拉住葵娜的手對她說：「媽媽，此時就接受她們的好意吧。」葵娜也點點頭。

她們看著兩人的互動。其中兩個人看得很開心，一個人出現眼神死的反應。

「那個，怎麼啦，她還好嗎？」

「啊～～她現在和家裡有點鬧翻了啦～～」

葵娜擔心地問，前方右邊的女性騎士便告訴她。前方兩人是平民，後面那個似乎是子爵家的千金。

「讓妳擔心了……我只是『前』千金，請別在意。」

好像是雙親強迫她結婚，幾乎每天都會收到催促信。她說起這件事時，似乎也回想起怒意。

舉高在面前的拳頭不停顫抖，滿臉憤怒，咬牙切齒的聲音從嘴巴洩出。看見她這副模樣，確實讓人無法相信她是千金小姐。

「結婚啊……試著結一次看看如何呢？」

在這之中，笑容特別燦爛的梅梅如此說道。

「咦？」

「「「咦？」」」

葵娜呆住，女性騎士們也嚇得瞪大眼睛。

「不管是試試看還是怎樣，凡事經歷過一次也不是壞事啊。」

「梅梅，可以這麼隨便建議嗎？這可是左右一生的事情耶。」

「這個嘛，結婚後如果合得來就能長久在一起，合不來就得面臨離婚的狀況吧。」

大概是認同她說的話，三個女孩點點頭。

對葵娜來說，她曾有遭逢意外放棄一切的過去，也搞不太清楚自己想不想結婚。

所以用「是這樣嗎」這種局外人的態度聽她們說話。

「離婚和沒結婚也沒差多少吧。」

「咦？」

「這個嘛，說的對。嗯，的確是這樣。」

葵娜頭上冒出無數個問號。當然是靠那個技能啦。

子爵家的千金似乎同意梅梅所言，接著說：

「在社交圈中，離婚可能會變成醜聞。反之如果沒結婚，身為貴族就得承受『嫁不出去』的羞恥感。」

「所以試試看也好。結婚，或是確定未婚夫之後，心情可能也會有所改變。」

「喔喔喔～～」在旁靜靜聆聽的兩個平民感到佩服，千金也一臉認同地點點頭。

「學院長這段話真的很有意思，我會回家一趟和父母好好談談。」

「和父母好好談也是一個方法。父母總是希望孩子們幸福啊。」

梅梅邊說邊看向葵娜。

發現女兒想法的葵娜微微別開眼，梅梅忍不住笑了出來。

「啊——梅梅，對不起……」

「不會啦，媽媽，我一點也不在意。」

實際上她把孩子們送出去當養子，然後自己消失蹤影，想起來真的是很過分的母親。

但她當時根本沒想到遊戲世界會變成現實世界，那也是無可奈何。

（不對，無可奈何只是個藉口，接下來得好好彌補才行……）

梅梅發現葵娜放鬆手臂的力量，露出溫柔笑容後，也露出鬆一口氣的表情。

葵娜和梅梅在女性騎士護送下抵達蜻蜓艇起降場。

路途中聽見貴族區裡連平民也能上門的隱藏名店等資訊，葵娜相當滿足。

葵娜和梅梅移動到河中沙洲後，前往卡達茲的工坊。

裡頭除了卡達茲的部下們正在做某種加工外，寧靜且和平。

卡達茲坐在工坊門口旁的椅子上，專心用工具琢磨手中的木片。

「哈囉～～卡達茲，你看起來好閒喔。」

「老媽！妳和老姊一起來還真罕見耶，有什麼事情嗎？」

葵娜舉起手喊卡達茲，他站起身迎接兩人。

「嗯，接下來有事啦。」

「妳打算做什麼啦……」

「哎，發生了很多事，媽媽也牽扯其中，所以會對你說明啦。」

「老媽也有份啊？到底是對什麼出手了，有種不好的預感。」

大概是臉上帶笑，卡達茲把葵娜說出口的話解釋成危險的事情。

梅梅出面向工坊下訂單。

「卡達茲，你立刻替我做一根釣竿，要讓十個人一起用的超巨大釣竿。」

「老姊也別突然強人所難啊。雖然我很閒也不缺材料，但妳要幹嘛啊？」

這次計畫中唯一需要花錢的只有這個。

而這件事是身為技能大師的葵娜提出的，所以由她來付錢。

出動騎士團似乎也需要經費，這方面會由梅伊麗奈解決。

「總之明天要完成喔。」

「明天！」

計畫中最強人所難的大概就是這點。

卡達茲發出的驚聲叫喊響徹寧靜的河面。

第四章

準備、慰勞會、祭典和笨蛋

那天晚上，葵娜收到閃靈賽巴傳來的訊息，上面寫著順利得到國王許可了。

只不過，並沒有完全同意葵娜提出的要求。

參加釣魚計畫的騎士，包含閃靈賽巴在內上限十人，剩下的人要盡力維持治安。

要對大眾宣傳，此計畫是在梅伊麗奈大公主主導下進行。

葵娜絕對不能以會被認出的樣貌出現在民眾面前。

「竟然有三個啊。」

「您剛剛提及的那件事情嗎？」

「嗯，說是要在後天執行計畫。我還以為會是明天，已經跟守護者們說明了耶。得再跑一趟才行了。」

葵娜回答站在旁邊服侍的洛可希努。

葵娜繞去卡達茲那裡一趟，又去了兩座守護者之塔後才回到租屋處。

在最後一刻趕上晚餐時間，現在正在喝餐後茶。

莉朵和露可也坐在同一張桌子旁，從袋子中拿出今天買的東西，戴上又拆下。

她們買了各種顏色的緞帶。

一條要價兩枚銅幣，她們兩人各買了三條。六條緞帶全都不同顏色，她們討論著頭髮適合綁哪個，並且一個一個試戴。

真要說的話，應該說莉朵只顧著照料露可比較正確。

而她們試緞帶的對象也包含在桌上縮成一團的凱茜帕魯格。

兩人在牠的脖子、尾巴上綁緞帶又拆掉，但牠完全沒露出不悅的表情，任憑兩人擺布。

「總之，小希妳去幫她們兩個綁各種髮型吧，應該能從中找到喜歡的髮型。」

「是的。」

洛可希努接到指示後，立刻拿出梳子開始替露可梳頭髮，一瞬間就綁出馬尾，接著拿起一條緞帶搭配，在莉朵一聲「就是這個！」之後換人。

「但是，依這個條件執行的話，梅梅的功績會變得很不醒目耶。」

『身為幕後人員，應該連名字也不會留下吧。』

「嗯，但最終目的是要讓民眾認同，幾乎可說是造假啦。只希望當天不會發生什麼突發狀況。」

半抱持著「為了讓祭典順利舉行，我有這個方案」的心態提案，就只是這種程度的計畫。雖然把公主和騎士團團長也捲進計畫中，但要是用葵娜的名義主導計畫，民眾應該也無法接受吧。

而且如果那樣做，肯定會陷入一人分飾多角的超忙碌狀況。

「葵娜、媽媽……還在、工作……嗎？」

「嗯～～露可，對不起喔，莉朵也是。明天準備好的話，或許後天就可以開始舉行祭典了。」

「咦，真的嗎！」

雖然只是可以期待，莉朵聽到後眼睛閃閃發亮。

「莉朵，妳看起來很開心耶。」

「因為現在就已經很厲害了，聽說祭典開始之後會更厲害呢。」

「是、是這樣啊……」

葵娜敗給莉朵的氣勢，朝洛可希努拋出「誰說的啊？」的疑問。

洛可希努輕輕低頭對葵娜說：「是賣這個緞帶的攤販。」

聽說老闆是個和瑪雷路一樣體態圓潤的大嬸。

「那就沒話說了。」葵娜放棄追究。

葵娜在能幹媽媽瑪雷路面前抬不起頭，面對相同特質的婆媽們也相同，說是葵娜在這世界唯一的弱點也不為過。

孩子們一度對葵娜提及的事產生興趣，但中途就連緞帶也擺到一邊，上起洛可希努老師的編髮講座。

認真學習短髮也能綁的綁法。

葵娜也抓起自己的頭髮，回想事故剛發生後的事情。

大概只回想起無法動彈的自己根本無能為力，所以都是護理師或堂姊妹幫她綁頭髮。

她心想每次看見鏡中倒映著自己消瘦的模樣都會露出悲傷的表情，這樣的自己應該讓大家相當擔心吧。

她現在可以使用雙手，也可以自己自由變換髮型。

然而也冒出了「既然如此，當露可的練習對象比較好吧」的想法。

『那正是母親的工作吧。』

奇奇傻眼地表示，這讓葵娜感覺母親的工作似乎變有趣了。

不知不覺女孩們不再綁緞帶，凱茜帕魯格便跑到葵娜腳邊避難，叫了一聲：「喵〜〜」

聽在葵娜耳裡，牠是在表示「真是的」。葵娜摸摸牠的頭慰勞牠。

接著到了隔天。

吃完早餐，用戒指直接飛到No.1的守護者之塔。

拿戒指吟唱關鍵句後，頭上的魔法陣會出現好幾個光環，堆疊將自己包圍後，就能直接飛到守護者身邊。

感覺自己變成了套圈圈的那根棒子。

在那裡告訴仍舊不停開開關關門吵得要命的守護者計畫變更到隔天。

接著讓他重述一次昨天說過的預定行動確認他還記得，也和No.9的守護者好好討論確認後，讓守護者送她到學院。

為了執行計畫，學院這幾天停課用來當作計畫籌備所。說是這麼說，包含準備和收拾在內也只需要三天。

長釣竿已經出現在校園當中了。

釣竿長五十公尺，最粗的部分直徑有一百五十公分。這是卡達茲和部下們徹夜不眠的成果。

要在這上面綁上皮帶，接著靠八個人支撐，騎士們也是相當辛苦。大概像有點大過頭的應援團旗吧。

被釣上岸的對象能自己行動，應該不需要使出太大力氣。

卡達茲等人徹夜工作後，默默進行下一個準備工作。

現在正在做的是從學院前的河岸往前延伸，像棧橋的看臺。

高度和守護者之塔藍鯨浮出水面時差不多。雖然不可以俯視（假的）神之使者，但似乎也不能讓人俯視王族。

而葵娜正在學院中確認整個行動有沒有問題。當天只能隨機應變，完全不知道會發生什麼狀況，要趁現在多方面考量。

「以最大等級發光後，不只別人看不到我，我也看不見外面耶。」

試著用【附加白光】以自己為中心做出球體發光後，發現了很多問題。

在遊戲中通常是將白光施加在武器上前往戰鬥，此時小隊同伴們也會做出相同行動，所以不會欠缺光源。

但施加在自己身上後，不僅胸口一片白，連周遭視野也變得朦朧不清。

只靠梅伊麗奈的聲音確認狀況讓人不安。

一個人並行施展兩三個魔法也是可以，但為了確保外界視野，葵娜決定召喚出一隻【光精靈】。

她現在已經召喚出一隻等級６００的凱茜帕魯格，還有等級５００的餘額可供使用。召喚一隻強度一的精靈為等級１１０，所以最多只能召喚四隻。

已經確定要放一隻風精靈在梅伊麗奈那裡，所以保留餘額以備不時之需比較好吧。

讓【光精靈】將內側的光線調弱，然後用視窗的方式觀看外頭景色。最糟的情況，能看見正面就好了。

讓梅梅近距離確認後，她表示明明是白天，卻刺眼得令人無法直視。但他們不想被人發現裡面藏著一個人，所以只能請大家忍耐。

文字倒是很順利就弄出來了。

所以梅梅又提出了許多要求。

讓文字出現在身體前就會被白光影響而看不見。為了讓對岸的民眾也能看見，決定大大地排列在頭頂上。

梅梅不停提出要求，一個字最終變成了長寬約五公尺的大小。
接下來確認的是要交給梅伊麗奈的【風精靈】。
在這世界的常識中，肉眼無法看見精靈。
但利用【召喚魔法】召喚出的精靈則是肉眼可見。
這和個人魔力強弱沒有關係，幾乎所有人都能看見精靈。
而且【風精靈】不會乖乖停留在同一處。
大概會在梅伊麗奈站上看臺的那一瞬間就輕飄飄地四處飛翔吧。
現在也試著召喚，結果他和妖精妹妹一起在整間教室裡飛翔跳舞。
他的外貌是透明可看見另一側的裸體幼童，披著仙女羽衣那類的東西，但那是透明的，也沒有意義。有那種興趣的男人看見，肯定會眼睛閃閃發亮，自告奮勇要當跟蹤狂吧。
葵娜看著他自由奔放的樣子，思考到底該怎麼辦。
當天不會禁止民眾進入河中沙洲，所以應該會有湊熱鬧的人。
被人看見相當不妙。
因為【風精靈】身負把梅伊麗奈的聲音傳遍整個費爾斯凱洛的任務，也沒辦法把他關起來。
這方法不好，那方法也不好。就在葵娜絞盡腦汁之際，梅梅伸出援手。
「媽媽，那個東西如何呢？精靈之杖。」

「啊，對耶！還有這一招。」

精靈之杖是給不會使用屬性魔法的人（玩家）使用的替代品。

現在這種情況就是讓人可以施展所有風系統魔法的魔杖。

有使用條件，也需要與精靈相對應的寶石。【風精靈】需要準備綠寶石和孔雀石。

除此之外，雖然可以暫時將【風精靈】封印在杖內，但這並非強制，只是請他幫忙。

使用期限為日出到日落的半天時間左右。

超過這個時間，精靈就會破壞寶石逃亡，而且接下來有段時間沒辦法召喚。

葵娜有點擔心，不過她認為早上開始應該不到傍晚就能結束，還是決定用這一招。

精靈之杖本身只要有寶石、金屬和木棒，葵娜就能用【技術技能】製作，寶石越大也能增幅精靈的力量。

葵娜立刻從道具箱拿出綠寶石，梅梅看到都嚇傻了。

因為那是有一根柴薪大小，價值數千枚金幣的東西。

「媽、媽媽……那、那是……」

儘管梅梅顫抖著指尖指著，葵娜仍然施展【技術技能】，手邊亮光一閃就完成了前端有個花朵基座，巨大綠寶石直立於其上的魔杖。

「嗯嗯，不錯不錯。」

梅梅看著葵娜揮動魔杖確認狀況，掩面嘆氣。

如果只是要廣傳聲音，小型魔杖已經足夠，根本不需要拿國寶級的寶石做出比人類身高還長的魔杖。

也就是說，葵娜做過頭了。要是放著她不管，感覺她會說出要把這東西當作報酬給梅伊麗奈。女兒覺得這件事相當恐怖。

「對了！就把這個當成報酬給梅伊……」

「媽媽！」

結果，梅梅對著葵娜大聲斥責。

就在梅梅針對物品的價值說教，並要葵娜答應絕對不會隨便把古老的東西外流後，梅伊麗奈抵達了。

「不好意思，我遲到了……」

「啊～～不用道歉，妳上午要上課對吧。」

「是的。」

「那就沒辦法了。那應該是殿下的義務，不能和萬年閒閒無事的媽媽相比。」

葵娜有點擔心，梅伊麗奈身為王族，態度會不會太謙卑了。

不過先不管這些，聽見女兒無比自然地貶低自己，葵娜有點不悅。

葵娜惡狠狠地瞪著梅梅，梅梅轉過頭當作不知道。

葵娜把手上的魔杖塞給梅伊麗奈。

「那個，葵娜小姐，這個是……？」

「明天就要用這個，讓【風精靈】替妳擴音，一開始就要拿著喔。」

「好，我明白了……這個……寶石……會不會……也太大了一點啊？」

梅伊麗奈也在看見巨大寶石後動作變得不自然。葵娜回了：「這很普通吧。」「是、是這樣嗎？這、這很普通……」梅伊的表情變僵，說不出話來。

「真是的，所以我就說了，媽媽的普通完全脫離一般常識啦。」

「那還真是不好意思……對吧！」

「呀啊啊啊啊～～！」

一邊假裝乖巧地道歉一邊併用【高速移動】與【縮地術】閃到對方背後。專業的前鋒玩家幾乎都擁有【直覺】技能，所以大多無法成功，但梅梅沒有這個技能，葵娜輕輕鬆鬆就閃到她背後了。

葵娜從後面緊抱梅梅，雙手罩住她的胸部。梅梅發出幾乎不曾聽過的驚聲尖叫。緊接著，在走廊上護衛的騎士喊著：「發生什麼事了！」用力打開門衝進來。

騎士看見手拿魔杖啞口無言的梅伊麗奈和被葵娜從背後抓住胸部的梅梅後嚇傻眼，又喊著「打擾了～～！」逃出去，門也跟著再度關上。

滿臉通紅的梅梅因剛剛那幅光景奮起，掙脫貼在她背後的母親逃走。「真是的！媽媽妳突然在做什麼啊！」梅梅如此抱怨後，葵娜本人看著抓住梅梅胸脯的雙手，飄散哀愁。

「咦？」

葵娜想起在創造梅梅這個角色時，心想：「自己（因為車禍的後遺症瘦弱）是個洗衣板，應該也會影響到孩子吧。」也就如此設定身材比例。

理所當然不會有軟嫩的彈力感。如果是因為那樣，葵娜也能理解。只不過她感到無比悲傷，沒想到實際碰觸這個成果會帶給她如此巨大的打擊。

所以她很自然地說著「對不起」道歉。誤會了什麼的梅梅沒有生氣，反而緊貼著她的手臂窺探她的情緒。這倒是超乎葵娜預料。

「妳們兩人感情真好。」

「這還叫好？」

「是的。」

梅伊麗奈散發出寂寞似的氛圍，看著葵娜兩人露出微笑。

「嗯～～？」葵娜思考後說著：「那麼，來吧。」朝梅伊麗奈伸出右手，因為左手已經被梅梅摟住了。

「什麼？」

「妳想抱抱看吧，請。」

梅伊麗奈再次「咦？」了一聲，看著黏在葵娜左邊的梅梅，梅梅朝她招招手要她過來。

「那、那麼，恕我失禮了……」

梅伊麗奈還特地屈膝行禮後才摟住葵娜的右手。她那有點害臊的樣子，可以窺見同齡女孩該有的樣貌。

「然後，如何呢？」

「有點不好意思耶。」

梅伊麗奈靦腆地說出感想的樣子非常可愛。葵娜一邊「嗯嗯」地點頭一邊看在她左手邊的梅梅。梅梅心情很好，完全看不出前不久才驚聲尖叫。

「妳看起來還真樂啊。」

「是啊，這就是媽媽的醍醐味啊。」

這不明就裡的回應讓葵娜皺起臉。看見這對母女的模樣，梅伊麗奈不禁噴笑。

接著在外頭準備好之前，她們三人就這樣黏在一起進行確認，互相提出有疑問的地方。

順帶一提，來喊人的閃靈賽巴看見在走廊護衛的騎士臉異常地紅而不解地歪頭，打開教室的門後愣在原地。

「這裡是女校嗎？」

「才不是咧！」

這多餘的一句話，立刻換來葵娜神速回應以及一記毫不留情的反擊。

就這樣，諸多準備大多告一段落。

在卡達茲和部下的努力之下，看臺設置完畢。
隔天就是執行計畫的日子。
雖然是一大早，城裡的人隨著日出開始工作。七點左右，大多家庭早已吃完早餐，開始工作了。
河中沙洲學院前的看臺旁，需要八個騎士一起支撐的大釣竿已經設置完畢。
釣竿前方延伸出難以說是釣魚線的繩子，綁著花束拋到水面上。
葵娜就在No.1的守護者之塔內，一邊確認外頭的景色一邊窺探飛出水面的時機。嗯，到這裡還可以接受。
「……為什麼有那麼多圍觀人潮啊？」
『無法理解。』
梅伊麗奈站在看臺上，旁邊還有騎士，可以理解民眾害怕不敢靠近。
但河中沙洲的河岸被數量誇張的旁觀者掩沒。
將可以看見外頭風景的畫面轉向對岸，這邊也是人潮洶湧。
其中還有人太往前靠，結果掉進河裡。
「閃靈賽巴說沒有特別通知大家耶。」
「我想」闔上「應該是準備」闔上「過程被」闔上「看見了吧」闔上。
葵娜人就在塔內，守護者當然就在她面前。

聽到這再正確不過的言論，一股不甘心的情緒湧上心頭。
看臺設置的位置確實就在蜻蜓艇來往飛行的正下方，大概被許多人目擊了吧。
而且騎士一大早聚集在一起，不管怎樣都很醒目。
葵娜也從洛可希努那裡聽到，祭典已經做好準備很久了卻遲遲沒開始舉辦，人們都快要爆炸了。
今天，露可和莉朵待在租屋處休息。
這幾天都只能和洛可希努在一起，她們說接下來期待可以和葵娜一起逛祭典。所以不管怎樣，今天都要把這個活動完成才行。
「No.9也要仔細看好喔。」
『我明白。』
朝維持連線狀態的通訊畫面說話後，煙霧人型守護者恭敬地鞠躬。
那邊的守護者之塔內部貼著今天的行程預定表。
讓守護者一邊逐一確認，一邊對No.1下指示。
「主人還」關上「不能」關上「出去」關上「嗎？」關上。
「這種事情要拖久一點，裝模作樣一下比較好啦。」
眾人屏息看著花束載浮載沉的河面。
要是在這時馬上衝出去，就失去釣魚的樂趣了。葵娜阻止守護者。

葵娜要守護者吃掉花束後先沉入水中一次，拉扯繩子幾次後再浮上水面。

要是太用力，可能會把騎士們連同釣竿一起扯進水中，所以只是輕咬繩子晃幾下。

不知道守護者巨大的身體能不能做到這種細微調整，葵娜要他一邊觀察水面的狀況一邊執行。

守護者之塔，也就是藍鯨浮上水面後，葵娜會以光球狀態在他背上現身。梅伊麗奈開口問「來者何人？」後，這場戲就正式開始。

把人潮出乎意料地多這件事擺一邊，葵娜握緊手想著得好好達成任務才行。

大概是忍不住了，閃靈賽巴利用好友通訊丟來一句：『喂，還沒好嗎？』

「好，開始吧！」

「了解了！」關上。

葵娜用白光覆蓋自己，對守護者下了執行計畫的指令。

「那麼，雖然發生了很多事，讓我們為慰勞會乾杯～～！」

「「「乾杯～～！」」」

眾人站在擺滿佳餚的桌子前，拿起杯子各隨己意讚賞彼此的努力。

參與的成員有葵娜、梅梅、卡達茲和他的部下、梅伊麗奈、閃靈賽巴和幾名騎士。再加上洛可希努、露可和莉朵。

在那之後，大約三十分鐘就順利完成計畫。

現在是計畫結束大約六小時後的午後。

參與人員正在梅梅包場預約的店家舉辦慰勞會。

梅伊麗奈在最後說了：『祭典將在接下來舉辦，你們也盡情享受祭典吧。』旁觀民眾響起巨大歡聲。

『費爾斯凱洛萬歲！梅伊麗奈公主萬歲！』讚頌國家與公主的歡聲持續了一段時間。

接著宣示祭典正式展開，但今天還是前夜祭。因為許多人提出「正式祭典應該從一大早開始舉辦」的意見，最後決定明天才正式舉辦祭典。

藍鯨守護者之塔最後以漂浮在河中沙洲上游端的形式定居在費爾斯凱洛。

因為有化身為光球的葵娜和出現在空中的文字，遠遠朝藍鯨膜拜的人絡繹不絕，有被視為掌管河川安全之神的趨勢。

釣竿和看臺決定就這樣保留。

只不過卡達茲表示：「那種臨時做出來的東西馬上就會被水沖走。不是在祭典後重做一個，就是要徹底補強才行。」

看臺原本預定事情結束後就要立刻拆除。

釣竿先搬回工坊維修。

守護者力道沒抓好，釣竿嚴重彎曲。聽支撐釣竿的騎士說，還能聽到釣竿嘎吱作響。

守護者猛力一拉，八個騎士連同釣竿一起浮上半空中。葵娜反省事前應該找個遠離城市的地方預演一下才對。

梅伊麗奈完美演繹費爾凱洛斯的代表，聽說國王誇獎了她一番。而且國王連細節也誇獎，大概是從某處觀看了吧。

船隻也重啟航行，河面因為大大小小的船隻而熱鬧不已。

然而完全沒有人想靠近藍鯨守護者之塔。

大概是因為把花束當作釣餌，教會在沙洲上游側的河岸設置了獻花台，上面已經堆出比人高的花山。

「呼～～順利結束真是太好了。」

「就是啊，這也多虧了葵娜小姐。」

梅伊麗奈優雅地舉杯，笑著對葵娜點頭。葵娜揮動雙手朝梅伊麗奈點頭。

「沒有沒有，這是我提出的問題，承蒙關照的是我們。」

「媽媽，這樣下去只會演變成彼此不停道謝啦。」

梅梅笑著阻止兩人互相低頭。

「話說回來，梅伊，妳剛開始有點停頓對吧？」

葵娜想起梅伊麗奈看到變成光球的自己時，張大嘴愣了一陣子。在她開口說「來者何人」前有一小段空白。

「那、那也沒辦法啊。我到現在還無法置信，竟然有那麼巨大的魚耶。」

或許先讓她看過一次再執行計畫能減輕第一次見到的衝擊，只不過守護者之塔太大，找不到地方可以偷偷讓她看。

「不對啊，妳不相信就傷腦筋了耶。」

「那個嘛，是的，我已經確實看見了，下一次和他面對面也沒問題。」

梅伊麗奈是第一個出面應對的人，所以接下來藍鯨需要王室幫忙什麼事情時，應該會由她出面，她得習慣才行。

藍鯨是守護者之塔，這件事只有第一批得知的負責人知道。

梅伊麗奈、閃靈賽巴、梅梅、卡達茲，也有告知國王這件事。騎士們以為那是葵娜打敗的魔獸。

「總之，這種事不會再發生了，這件事到此為止。剩下就個人自行好好反省吧。」

梅梅拍了手，結束這個話題。

之後說著「這個很好吃喔」夾了沙拉放在兩人面前。

梅伊麗奈淋上醬料吃，嚇得睜大眼睛。

「……好好吃。」聽見梅伊麗奈低語，葵娜不解地歪頭。

「城堡裡應該有更多好吃的東西吧？」

「不，這裡的調味全都是在城堡裡沒吃過的東西。」

「這樣喔。」

葵娜看了一口接一口吃掉沙拉的梅伊麗奈，接著環顧四周。總共約二十人，勉強可以全擠進店裡。

散發高級餐館氣氛的店內，天花板吊掛的水晶燈發出柔柔光芒，還裝飾著觀葉植物且不至於太誇張，感覺可以在這裡悠閒放鬆地品嚐美酒。

「這裡就是梅梅你們常聚餐的黑兔的尾巴亭啊。」

「媽媽，不是啦，是黑兔的白尾亭。」

「還真是容易混亂的名字啊。」

「只要好好記住就好，一點也不混亂。」

一邊啃帶骨肉一邊聽他們對話的閃靈賽巴咧嘴笑著說：「聽這對話，還真不知道哪個是媽媽耶。」

當然，這是揶揄葵娜實際年齡的挖苦話。

看見葵娜嘟起嘴，閃靈賽巴說著「抱歉抱歉」，把裝水果的盤子推過去給她。

在葵娜取用熟透的水果前，洛可希努搶先一步拿走，剝皮後才又放回葵娜面前。

「小希，謝謝妳。」

「不會。那麼，小姐們也是，要不要吃水果？」

洛可希努拿起幾個水果，動作俐落地剝皮、切分放在盤子上。她一開始主張要在旁服侍，但在葵娜的堅持下，不甘願地就座。

除了替露可和莉朵布菜，她自己也忙著分析料理。即使如此，在能力所及的範圍內也不疏忽自己的職務，仔細觀察露可兩人的用餐狀況。

至於露可和莉朵，不僅因為周遭全是大人，加上還有公主和騎士，兩人從頭緊張到尾。洛可希努替她們拿了肉類和魚類料理，但她們似乎食不下嚥。

既然如此，就替她們張羅各種水果。

兩人面面相覷不知如何是好，葵娜直接拿到她們嘴邊餵，她們這才終於開始吃。

「妳們兩個，如何啊？很好吃對吧。」

「……嗯。」

「很、好吃。」

「雖然只有今天能吃到，不過不用勉強喔。明天去逛祭典應該也有好吃的東西。」

葵娜抱了兩人，輕輕摸她們的頭，好不容易讓她們冷靜下來。

戒慎恐懼地伸手拿起替她們分裝好的食物。

食物一入口，遠遠超越想像的美味讓兩個孩子綻放笑容，葵娜也開心地笑咪咪，看著兩人。

凝視著這幅光景的騎士們被閃靈賽巴打頭。

「「「好痛！」」」

「笨蛋，別那麼銳利地盯著看，小孩子會怕啦！」
而卡達茲的部下也因為相同理由被打頭。
座位左右傳來相似的哀號聲。
「對了，閃靈賽巴。」
「幹嘛？」
「報酬的三個技能，你要好好決定喔。」
閃靈賽巴立刻繃起臉。到了該決定的時候，反而不知該選哪個技能。
如果是在遊戲中，視窗會顯示現在擁有技能的延伸技能，所以輕易就能決定該選擇哪個技能。
但現在這個功能無法使用，他完全不知道實際上可以選擇哪些技能。
「如果你真的無法決定，就從分類選擇吧。」
「分類？」
「魔法，或是前鋒專用、後衛專用、死廢技能之類，技能也有很多種類啊。遊戲中的死廢技能現在非常能派上用場，我個人很推薦喔。」
製作公眾澡堂時使用的【礦泉魔法】等，讓邊境村莊生活更便利的幾乎都是被稱為「死廢技能」的技能。
閃靈賽巴看著自己擁有的技能，在葵娜面前煩惱起來。

梅伊麗奈看準孩子們不再緊張後，慢慢靠近。

「妳們好。」

「妳、妳好……」

「妳、妳……妳好。」

「是莉朵和露可對吧，我叫梅伊麗奈，雖然是公主，但現在不用計較身分，所以不要太在意。」

「我、我是莉朵。」

「……露、可。」

梅伊麗奈覺得軟呼呼地抬頭看的兩人很可愛，伸手摸摸她們的頭，接著發現——

「葵娜小姐。」

「怎麼了嗎，梅伊？」

「她們兩人的頭髮好滑順，這是怎麼一回事啊？」

「什麼？」

就算問她是怎麼回事，葵娜也無從判斷起。

因為她雖然很常摸露可的頭，但覺得頭髮滑順是很平常的事。

梅梅看見梅伊麗奈的樣子，感覺事情不尋常，也摸了兩人的頭。她看起來像觸電一樣。

「媽媽，這是怎麼回事啊？」

「呃，就算這樣問我……」

說到城市沒有但邊境村莊有的東西，葵娜只想得到公眾澡堂。

那是使用魔法造出，世界上獨一無二的東西，讓前陣子從歐泰羅克斯來的調查團極為困惑。

確實在使用好幾重【礦泉魔法】後，保證效能絕對無人能出其右。只不過要問那其中是否有與髮質相關的東西，葵娜也完全不知道。

「小希，有什麼特別的嗎？」

負責照顧露可的人是洛可希努，葵娜想說她大概在沐浴後做了什麼而開口問。

葵娜原本期待洛可希努會回答「不知道耶」，但她回以令人意外的答案。

「是這個。」

她從道具箱拿出一個裝有金色液體的小瓶子。

「這是什麼？」

「沐浴後滴上幾滴再梳頭髮，就能讓頭髮變柔順。」

「這樣啊……」

聽她這麼一說，葵娜才想起洛可希努替露可整理頭髮時確實有用這個。

梅梅和梅伊麗奈聽到後，視線聚集在小瓶子上。

「那個，是小希自己做的吧？」

「是的，用蜂蜜和幾種藥草，是我的獨家配方。」

肯定是也使用了【技術技能】的配方吧。洛可希努擁有幾個製作魔法藥水的技能，且對藥物的造詣甚深。

見她察覺兩人的視線也不應對，即使把東西拿出來也沒打算告訴他人吧。

問她：「配方呢？」得到的答案是：「祕密。」也只能對梅梅和梅伊麗奈聳肩搖頭，兩人立刻變得沮喪。

「就算使用魔法藥水，髮質也不會恢復吧。」

「老媽也把魔法藥水看得太神了。」

吐槽葵娜這句低語的是拿著酒瓶的卡達茲。

「卡達茲，也辛苦你了，給你添了不少麻煩。」

「說麻煩也是麻煩啦，但這陣子鬧過頭，也算打平，我一點都不在意。」

還真是有男子氣概的帥氣發言。如果不是兒子，葵娜應該會愛上他吧。

「我兒子好帥喔。」

「哇喔，幹嘛啦！」

卡達茲頭被緊緊抱住後，滿臉通紅不停揮動手腳。

部下們看到這副模樣不禁竊笑，姊姊梅梅也微笑看著。卡達茲感覺自己的體溫一口氣上升。

「老、老媽，妳醉了吧，妳是醉了對吧？」
梅梅和閃靈賽巴探頭看了葵娜用過的杯子，還聞味道確認是什麼飲料。
「是果實水呢。」
「就是果汁吧。」
卡達茲聽到非酒精飲料的報告後垂頭喪氣。
事情發展成這樣，他也明白只能抱著接下來會被部下調侃的覺悟放任葵娜戲弄，根本無法逃脫。
「真是的，卡達茲你不能老是喝酒啊。來，啊～」
得做出一生一次的覺悟的選擇突然出現在面前。
超過兩百歲的矮人族大叔竟然要在人前接受母親親手餵食……
卡達茲在腦袋變得一片空白之前，決定採取該做的抵抗。
「對、對了，老媽，聽說這裡的費用由妳包辦，沒問題嗎？」
「沒問題啦，不管要一千枚銀幣還是一萬枚銀幣。」
「這、這樣啊……」
「就是這樣。那麼，啊～」
勉強轉換話題在母親面前毫無意義，卡達茲領悟了自己的失敗。
「如果沒有包場晚餐，應該不需要那麼貴吧。」

「也不是這樣喔，騎士團長閣下。如果要求食材，可能需要花到一千枚，這還只是簡單餐點而已。」

「這裡這麼貴喔！」

事到如今才聽到說明，閃靈賽巴啞口無言。

另一方面，希望孩子們可以毫無顧忌地度過的洛可希努迅速分裂成兩個人，摀住孩子的耳朵。

騎士們目擊這一幕，紛紛被食物噎到。

卡達茲則是腦袋一片空白看著罕見的一幕，只是機械式地咀嚼送進他嘴裡的食物，根本食不知味。

葵娜也不是只餵一次，而是接二連三餵食，卡達茲的腦袋也越來越白。

當他再度恢復意識時，早已是天色全黑的黑夜，他人在工坊內自己房間裡的床上。

接著到了隔天，祭典正式開始的日子。

昨天在卡達茲被擊倒時，慰勞會也自然跟著散會。

梅伊麗奈和閃靈賽巴似乎得在傍晚前回城堡，草草致謝與說了對食物的感想後就迅速離開。

卡達茲的部下們說要先送上司回去再回家，一問卡達茲住哪後才知道他在工坊裡有自己的房間。

向所有參與人員致謝，送梅梅到她家門前，之後四個人才回租屋處。雖然梅梅說可以在她家住一晚，但顧慮到孩子還是回絕了。

聽到要住在貴族家，莉朵兩人肯定沒辦法放鬆。

那天晚上，葵娜和露可一起睡，然而早上發生了一點騷動。

煙火「砰～～砰～～」作響，讓露可不安地驚醒。

早晨即將清醒時，無比害怕的露可緊緊抱上來，葵娜因而進入備戰狀態。洛可希努也感知到這點，租屋處瞬時殺氣騰騰。

知道理由後立刻平靜下來，幸好沒有演變成不可收拾的狀況。

露可原本住漁村，之後移居到邊境村莊，根本沒機會看見煙火。

如果葵娜沒有對整個房子施展【靜音】，可能光是聲音都會讓她哭出來。

另一方面，莉朵似乎有從商隊那裡聽到有關煙火的事，也幫忙讓露可冷靜下來。

「露可，那個是祭典正式開始的訊號，不可怕喔。」

「沒錯沒錯，只是聲音大了點，就這樣而已，別害怕。」

葵娜把哭個不停的露可抱在胸前，拍背讓她冷靜。

露可很快就停止哭泣，暫時安心。接著肚子響起咕嚕聲，每個人都笑了出來。

「肚子、餓、了。」

「說的也是，我們去吃小希做的飯吧。」

莉朵一動，露可也小步跟上去。

葵娜無奈地手扶臉頰，真實感受到養小孩有多困難。

「那麼，今天可以整天在一起，要從哪邊開始逛？」

吃完早餐做好出門的準備後，葵娜要兩人決定去哪，兩人立刻煩惱起來。

她們昨天在家似乎是整理買來的東西，和洛可希努一起做菜。

早上的巨大歡聲也傳到了租屋處，但聽洛可希努說，她們只有被外面傳來的聲音稍微嚇到，不像今天早上那麼慌亂。

葵娜提到「河裡有很大隻的鯨魚喔」，兩人便眼睛閃閃發亮說著「想去看」。

「葵娜姊姊，鯨魚是什麼？」

「只要想成是很大很長的魚就好了，偶爾還會從背上噴水喔。」

「噴水……？」

聽完葵娜說明，兩人無法想像，一起歪頭。

她們的模樣相當有趣，葵娜不禁失笑。兩人用軟拳捶打葵娜並說著：「不要笑啦～～」

於是葵娜笑著請求她們原諒。

「妳們在做什麼呢？」

剛剛在整理而晚一步才出現的洛可希努看見露可和莉朵分別掛在葵娜的左右手上。

「啊哈哈，別在意啦～～」

雖然不是所有麻煩事都解決了，但排除最大問題後，葵娜相當神清氣爽。

現在就算遇到扒手，也能卸掉對方雙肩就原諒他。正確來說，也真的這樣做了。

「我都沒想到，還沒走進人潮就先遇到扒手突襲耶。」

葵娜用魔法把雞貓子喊叫的扒手黏在附近的牆上，過一段時間就會自動脫落，比送交官府好上幾倍吧。

說老實話，葵娜覺得區區扒手不好意思勞煩士兵。

所以她用很難擦掉的顏料在扒手臉上寫上本名和罪名。只要用【調查】就能看見狀態，一目了然，接下來執行放置不管之刑。

在人潮中緩緩移動走出大馬路時，沒有像第一天到費爾斯凱洛那般擁擠。

帶著小孩也還勉強能移動，沒有到被人牆阻擋無法走過大道的程度。

「果然是因為沒辦法渡河，人才會擠成一團啦。」

「啊！看見拋球的人了！」

葵娜看著隊伍前進的方向低語時，莉朵發現她在馬車上看見的街頭藝人。

隨著人潮移動，好不容易抵達那裡。三個打扮色彩鮮艷的小丑站在大球上，往上拋甩方塊且互相拋接，用這個表演炒熱現場氣氛。

觀看表演途中，小丑還把從外面丟進去的小球移到腳邊，疊上大球後再站到小球上繼續拋甩方塊。

當球從兩個增加到三個時，觀眾發出「喔～～」「咦～～」的驚呼，包含葵娜在內，大家都非常緊張地看著。

最後，拋甩的方塊全聚集到其中一個小丑身上。他不弄倒堆滿雙手的方塊走下球時，掌聲與喝采沸騰：「哇～～！」

小丑們用類似木枡的方塊準確接下丟過來打賞的銅幣後，又響起更大的掌聲。葵娜給孩子們銅幣，讓她們丟。

莉朵的劃出漂亮的拋物線飛出去，露可的則是朝地面砸下。

還以為沒救了，結果其中一個小丑伸出腳，如足球頂球般把硬幣往上踢，然後用木枡接住。露可替他鼓掌，小丑拋了個媚眼回應。

休息一段時間後就要開始下一個表演，所以葵娜等人先行離開。

莉朵和露可模仿拋甩方塊的手勢，但動作亂七八糟。

「葵娜姊姊也能做到嗎～～？」

「那個啊～～嗯～～有點困難吧。」

不知道身體性能到什麼程度，總之先說大概辦不到。也沒有和拋接相關的技能，只能看個人的靈巧程度和練習量了吧。不過葵娜也不想做就是了。

莉朵說回村莊後要練習看看。

露可也跟著點頭。葵娜開始思考要讓洛可希錄斯用木頭削成球給她們用。
接下來吸引莉朵目光的是射擊遊戲，但不是用槍，而是飛刀。
拿飛刀射轉動的圓盤靶，玩一次要四枚銅幣，兩次只要五枚銅幣。
「這是便宜還是貴啊？」
「應該要看獎品是什麼吧。」
仔細看停下來的靶，靶面切分成三十六個區塊，夾雜在沒中獎之間的中獎區塊也只有十處左右。
看了展示出來的獎品，是鑲上藍色或綠色礦石的墜飾及項鍊。
洛可希努似乎用了【調查】，她瞇起眼睛不屑地輕哼。
「怎麼啦？」
「只是染色的水晶而已。」
「哎呀呀……」
目前也有想展現帥氣一面的情侶挑戰，但漂亮地沒射中。葵娜一邊心想「這大概是丟越多次，男友越沒面子的狀況吧」一邊看熱鬧。
「嗯～～」
「莉朵怎麼了？妳想玩嗎？」
射擊遊戲前的人們似乎因為接連射不中而拖拖拉拉，如果不讓挑戰者整批換掉，大概不會出去吧。

葵娜開口問了正在煩惱的莉朵。

莉朵沒有拿過飛刀，所以沒自信。就在她們想著該怎麼辦時，露可拉拉葵娜的斗篷，葵娜蹲下和她平視。

「露可也想玩嗎？」

「這個，給媽媽。我和、莉朵、一人、出一半。」

露可拿了兩枚銅幣給葵娜。她和莉朵各出一半讓葵娜去玩。

葵娜當然很乾脆地答應孩子們的請求。

「哎呀～～為了孩子們，媽媽？要出來挑戰了～～！大家掌聲鼓勵～～！」

葵娜付錢後，攬客的人語氣輕快地大喊，旁觀的人也紛紛送上掌聲。

葵娜接過一把飛刀，站在距離圓靶五公尺左右的白線上。

負責人用力轉動標靶後就開始。葵娜完全沒擺出瞄準的樣子，只是順從【直覺】和【投擲】技能丟出飛刀。

「嗖！」伴隨這非比尋常的聲音，飛刀刺進旋轉的標靶。

其威力甚至讓標靶往後傾倒，所以也立刻停止旋轉。

標靶上只剩飛刀刀柄。看見飛刀刺中中獎區塊，店員也嚇得睜大眼睛。

「哎、哎呀～～！媽媽丟出的飛刀漂亮地中獎了～～！大家，請為她的努力獻上熱烈掌聲～～！」

開始前完全無法比擬的掌聲沸騰，葵娜也舉手回應大家。

葵娜選了沒染色的透明水晶項鍊當獎品。

還有人「咻～～咻～～」地吹口哨，葵娜笑著揮手回應，吹口哨的人紅了一張臉。後方還可聽見「她對我笑了耶」、「不是，是對我」、「但那個人有老公了吧」、「「「可惡～～」」」等聲音。

葵娜中獎後，說著「那我也試試」的人聚集而來，射擊遊戲攤位前開始壅塞。

離開人潮擁擠處一段距離後，葵娜把項鍊給露可。

「來，這個拿去。妳們兩個要一起用嗎？」

露可搖搖頭，把項鍊給莉朵。還以為那是莉朵想要的東西，但似乎並非如此。

莉朵接過項鍊後，和露可一起站到洛可希努面前。

「小姐？」

「那個，因為受到小希，洛可希努姊姊很多照顧，這個送妳。一直以來都很謝謝妳。」

「謝、謝妳。」

莉朵遞上禮物，露可則是深深一鞠躬。

洛可希努一開始愣住，接過項鍊後臉越來越紅。葵娜也被她的反應嚇一跳。

「我才要謝謝妳們，兩位小姐。我會好好珍惜。」

洛可希努握緊手，紅著臉露出微笑。

「原來如此，如果是純粹的好意就能接受啊。」

「……葵娜大人？」

葵娜心想：用那張紅透的臉瞪人根本一點也不恐怖。

要是以驚喜的方式替她慶祝，她應該會乖乖接受。但洛可希努投來冰冷的視線，葵娜決定裝作不知道。

「那麼，我們去下一站吧。」

「…………」

「莉朵和露可，我們去下一站吧。要吃什麼嗎？」

「剛剛、才、吃過、而已。」

「嗯，但是我好像口渴了……」

環顧周圍看有沒有賣飲料，但沒發現這類攤位。

因為大道這邊是關注焦點，幾乎沒有販賣食物的攤販。要是拿著食物跟人撞上，只會成為爭執的原因。

「等一下喔。」

洛可希努不知從哪裡變出試管般的細長物品。

接過就知道那和葵娜以前當場做出來的魔法藥水相同，把飲料裝進細長的竹子中。打開當蓋子的木塞，茶的氣味飄散過來。

露可和莉朵手上的則是發出些微水果的氣味。

「妳還準備了這個啊。謝謝妳。」

「市場有賣細的竹子，不用客氣。」

把容器還給洛可希努後，繼續逛祭典。

觀賞了遮眼朝前方站了人的木板射飛刀、馴服魔獸狼讓牠鑽圈圈或站在球上等表演後，朝艾吉得大河方向前進。

河面有很多各色船隻航行。

其中還有裝飾了許多花朵，色彩繽紛的帆船。

也有在桅杆上表演雜耍或是讓樂團上船演奏音樂的船。

還有把現釣的魚賣給共乘船乘客的人、直接在船上料理魚的人，四處飄散讓人食慾大開的烤魚味。

葵娜挑戰河岸的射箭遊戲。

河面上的三艘小船分別立著兩根黏有標靶的棍子，這個遊戲就是要射下標靶。射中幾個就能得到幾條魚。

葵娜用借來的弓箭射下六面標靶，得到長達七十公分的彭思。彭思是種水桶身的鯰魚，燉煮燒烤都好吃，是一般民眾常吃的食材。

拿著走也不方便，葵娜便連同放魚的水桶冷凍起來後收進道具箱。
反而是這種行為嚇到大家，誤會「水桶消失」是表演的一種，飛來不少打賞。不用說，這當然變成孩子們的零用錢。
「總覺得有種不小心搭上祭典效果的感覺……」
「葵娜大人讓大家看一點魔法，應該可以賺到不少零用錢。」
「千萬不要，我已經可以預料那會超出小孩子零用錢的範圍。」
洛可希努大概也有相同想法，環視周遭擁擠的人潮。
露可和莉朵很煩惱，不知該怎麼使用這從天而降（如字面所示）的零用錢。
「我記得學院裡也有攤販吧。」
這是昨天從梅梅那裡聽來的。
昨天守護者之塔活動結束後，學生的有志之士緊急設置，聽說今天就能開始營業。
「我想應該全是賣吃的，媽媽也請務必來看看。」梅梅這麼說了。身為負責人的她也得待在學院裡。
葵娜心想昨天才忙完，今天還要繼續忙，學院長也真辛苦。
搭共乘船抵達河中沙洲，朝學院前進。
教堂除了平時的傳教和觀光，還兼作醫療站。
就算大司祭斯卡魯格不在，教堂還有許多司祭，不會影響營運。

卡達茲的工坊在祭典期間會關閉。

「以前會開，但是部下(那些傢伙)們因為祭典的聲音不專心，傷者不斷，最後就決定關閉。」卡達茲如此抱怨。

學院內人也不少，中央是學生自主發表的場地，攤販就圍在四周設置。

自主發表就是劍舞或擊出魔法等表演。

如果打著自由研究的名目，葵娜也能理解，但看見劍舞之類的，只覺得就是表演。她在遊戲中也不曾做過這種事，只把這當成背景之一，所以完全無法觸動她。

攤子內容多樣，多為大概是以前玩家帶進遊戲裡的祭典常見商品。

大阪燒、炒麵、蘋果糖、巧克力香蕉、串燒、烤雞、紅豆餅和鯛魚燒等，只不過受到材料限制，也有許多這世界獨自發展出的商品。

有材料貴而定價高的商品，也有平民小孩絕對買不起的東西。巧克力香蕉就是最好的例子，一個要價四枚銀幣。雖然不知道是不是貴族專用，就算當冒險者也很難買下手吧。

招牌上寫著蘋果糖，然而這世界沒有明確的蘋果，所以只是把方便進食的各種水果沾糖放著。

因為糖衣的原料砂糖價格昂貴，只在表面稍微滴上一些。

鯛魚燒的外型不知為何是彭思。被招牌吸引走近一看，這些外表和熟悉之物不同的東西讓葵娜相當困惑，而且這世界的糧食狀況也對口味產生影響。

「內餡不是紅豆泥，是番薯泥。」

「因為砂糖價格昂貴啊。」

而直接使用砂糖，也就是精製砂糖製作的棉花糖等食物，價格以銀幣為單位，讓人一點也不想買。

露可和莉朵兩人一起吃葵娜因為懷念買來的食物。炒麵之類的一盤四個人分。

「這應該是炒烏龍麵吧。」

「這麵有點太粗了。」

「好好吃。」

「嗯。」

附上的餐具不是筷子也不是叉子，而是長竹籤，吃起來相當麻煩，只好拿兩根竹籤當筷子讓孩子們進食。

「似乎有類似柴魚片的東西。」

「市場也有賣醬汁，但不同人做的味道差很多。」

吃著吃著，葵娜和洛可希努開起食材評比大會。

孩子們跟不上她們的食慾，很快就填飽肚子了。

就在洛可希努帶孩子去洗手間時，那個來了。

「喂，妳這傢伙！」

葵娜一開始沒注意是在喊自己，等對方慌亂地跑近才終於發現那個人。

那是個帶著管家，還不滿二十歲的年輕人。看他居高臨下的視線，葵娜的心情也降到谷底。

事前已經發現不友善的視線，如果對方不會造成危害，葵娜也打算放著不管。

要是被孩子們看見，會給她們不良示範。葵娜聯絡洛可希努，要她把孩子們帶開。

接著大呼小叫的人物走進葵娜的視野，葵娜後悔著早知道就不看了。

年齡不滿二十的青年襯衫隨意邋遢地穿在身上，外面套著鑲金邊的灰色外套，肩上還披著紅底斗篷。他的眼角上揚，是個醒目的壞人臉。

「喂，妳這傢伙！就是父親大人口中的那個冒險者嗎？」

之所以感到麻煩，是因為奇奇說他背後的管家是「第一天那個人」。

青年臉上掛著不懷好意的笑容，不改高傲的態度。

可以聽見周遭出現竊竊私語聲，綜合來說就是「伯爵的兒子」、「蠻橫、恐嚇」、「拿父母的地位胡作非為」等內容。

（典型的貴族公子哥啊……）

『正是一定會有的任務內容呢。』

這種人只要給他一擊，葵娜就能如狡兔般逃脫。但現在的葵娜要是這麼做，對方大概會被一擊斃命。

而且似乎引人注目，周遭遠遠看熱鬧的民眾逐漸形成人牆。

見葵娜沉默，對方擅自解讀成她害怕貴族的名聲，淘淘不絕地繼續說：

「只要妳把父親想要的東西給我，我就能請父親放過妳。」或是「對了，妳就當我的女人，只看外表父親也能接受吧。」還有「喂，妳也說說話啊，本大爺可是做出這麼多退讓了耶。」一自己一個人不停升溫。

無庸置疑，貴族的「讓步」要唸作「恐嚇」。

到底要怎麼教才能教出這種任性的人格啊？真想去參觀一下。小孩這副德性，父母大概也好不到哪裡去吧。

（好麻煩喔，這該怎麼辦才好？）

『陪一下對方如何呢？』

（感覺會把他打成黑炭耶……）

『說的也是。』

覺得厭煩的葵娜當成耳邊風，貴族公子哥便對站在管家身後的人說：

「喂，讓這女人瞧瞧你們的實力！」

「──是！」──

得知無法得到想要的東西和人，就發展成得不到就毀掉的方向。真是有夠搞不懂。

還不是靠自己的力量，而是全靠別人。

他不覺得狐假虎威很丟臉嗎？

一想到要是老虎被打敗，他大概會喊著「竟然讓老子丟臉」捨棄這些人，就讓人不禁憐憫起他的手下。

在貴族公子哥命令之下往前站的，是從頭到腳穿著紅褐色長袍的雙人組。

兩人都拿著比身高長的木杖。看木杖扭曲不平的樣子，說那是從森林撿來的也沒人會懷疑。

兩人揮動木杖吟唱咒語後，地面出現魔法陣。

葵娜擁有的魔法中也有使用魔法陣的魔法，但那比現在出現在眼前的複雜許多倍。這個圓陣裡只有六芒星的超簡單魔法陣，葵娜還是第一次看見。

正當她興致勃勃地觀察是什麼魔法陣時，中央地面隆起，噴出砂土。

超越人的身高扭曲蠢動的沙土痛苦地像是要做出什麼形狀。

圍觀民眾驚聲尖叫，他們似乎已經知道這是什麼魔法了。

葵娜想著他們會不會說出口，但仔細聽也只聽到「竟然用那個啊」、「他打算殺人嗎」、「太過分了」等內容。

那似乎是使用次數頻繁且會造成凶惡效果的魔法。

就葵娜來看，扭動的沙土毫無威脅性，在知道它的形體之前也只能等待。

雖然想過乾脆攻擊把他們全打飛，但就算把威力壓到最低，也絕對會讓對方變成肉末。

貫徹旁觀後，從魔法陣中出現的扭動沙土花了整整五分鐘才變成超過兩公尺的人型。
與其說人型，更該說是把藍色塑膠布攤開後，抓起一點拉到兩公尺高就完成的輕飄飄怪物。

用【調查】確認後，似乎叫作泥人魔偶，連岩石都稱不上，葵娜也只能傻眼了。
等級也只有6，弱得要當對手都覺得痛苦。
泥人魔偶龜速朝葵娜接近。
葵娜滿頭問號，這到底是哪裡「過分」了？
既然對方都特地做出魔偶給她看，那也該回個禮吧。
【魔法技能(Magic skill)：load：製作岩石魔偶(Create Rock Golem)Lv.1】。
「「「喔喔喔喔喔！」」」
周遭圍觀民眾發出不知該說驚訝還是恐懼的驚聲。
貴族公子哥臉上掛著錯愕，似乎是魔法師的雙人組相當害怕。
以葵娜丟出的石頭為支點，石頭與岩石從土壤中湧出，一個接一個結合做出人型。
身高比泥人魔偶高出一個頭，和泥人魔偶輕飄飄且防禦力薄弱的身體相比，岩石魔偶的身體是岩石，超級堅固。
短時間就完成泥人魔偶完全無法抗衡的東西。
石頭做出的魔偶雙手握拳發出聲音。

「哞！」

「「「它講話了～～～！」」」

在場的人都嚇到幾乎往後倒，實際上也真的有很多人腿軟跌坐在地。

光是此起彼落的聲音就大得響徹整個河中沙洲。

這肯定是會讓衛兵們以為發生什麼事而前來查看的騷動，葵娜下令岩石魔偶攻擊動作遲緩的泥人魔偶。

老實說，等級110的岩石魔偶去打等級6的泥人魔偶根本稱不上戰鬥，岩石魔偶一拳就能把泥人魔偶打成碎泥沙。

圍觀民眾全張大嘴看著這結果。

貴族公子哥也是睜圓眼、張大嘴，已經超越驚訝，變成慘白了。

魔法師雙人組喊著：「「竟、竟然是【古代技法】……」」弄掉手中的木杖。

岩石魔偶還沒結束行動，腳步沉重地往前走，捕獲呆若木雞的魔法師雙人組。

「不可以殺了他們喔～」葵娜如此指示，魔偶眼睛一亮表示了解。

它抓住雙人組的肩膀將他們往上提，像孩子胡亂揮拳般轉動手臂。

被這樣亂甩一通，任誰都會頭昏。

於是完成了感覺要把靈魂吐出來，臉色蒼白的魔法師。

圍觀民眾只能無言地僵住看著岩石魔偶那與人類無異的靈巧動作。

這世界的魔偶性能也太差了吧。葵娜也只能嘆氣了。

最後，魔法師雙人組被岩石魔偶振臂一揮丟到沙洲北側，在那之後，呆然看著這一幕的貴族公子哥也遭受相同命運。

他似乎胡亂叫喊了什麼，但岩石魔偶只會忠實執行主人的命令，根本聽不見他說什麼。他劃出拋物線飛上空中，遠方接著傳來落水聲。

管家則是逃過了岩石魔偶的魔爪。他跑去追被丟出去的少爺。

葵娜看著一片靜默的圍觀民眾，走投無路地想著接下來該怎麼辦。

雖然想和孩子們會合，但絕對不能讓孩子暴露在這種目光下。

就在她努力思考什麼突破點時，聽見「到底是發生什麼事啊？」這道聲音，圍觀民眾慌慌張張地走避。

分開開始往旁散開的人潮，幾個騎士現身。

在騷動變大之前，葵娜切斷岩石魔偶的魔力供給，使其消失。

騎士當中高出一個頭的人物視線捕捉到葵娜的身影，便傻眼地皺起臉。

「妳不到處引發騷動就不開心嗎？喂！」

「才不是我引發騷動，是騷動跑來挑釁我好不好？」

熟識的騎士紛紛向她打招呼。

葵娜舉手回應後，從旁觀民眾口中問出發生什麼事的閃靈賽巴原本傻眼的視線變得更加傻眼。

「妳和貴族起衝突了嗎？」

「脅迫（勒索）和強奪（敲詐）兩次，還有一次打算綁架小孩吧。不過那被洛可希努打飛就是了啦。」

「妳別放任那個恐怖的女僕到處亂跑啦。」

「如果沒教養的東西衝上來亂咬人，也不得不解放自己的野性吧。我才沒有錯。」

「那更惡劣吧！」

在葵娜和閃靈賽巴抱怨爭執時，洛可希努帶著露可和莉朵回來了。

「很、恐怖、嗎？」

「葵娜姊姊，沒事吧？」

兩人緊緊抱著葵娜的腰，葵娜摸摸她們的頭要她們安心。

雖然是第二次見到閃靈賽巴，但高大的龍人族大聲說話的樣子似乎很恐怖，露可甚至閉上眼睛。

「你別欺負露可啦。」

「我才沒有，是在對妳說話。」

大概是說完該說的話心滿意足了，閃靈賽巴為了不嚇到孩子，遠離幾步。

「我姑且會往上呈報。惹怒擁有守護者之塔，還能一招把城市炸成灰的人也不是什麼好主意啦。」

「我才不會沒事把城市炸成灰咧～～」

「妳的意思是有事就會把城市炸成灰嗎？」

「話說，貴族只有笨蛋嗎？」

「誇張的只有一部分啦。妳別製造太多問題，那會害我們工作變多。」

重點應該只有最後一句話吧。閃靈賽巴帶著在周邊努力維持治安的騎士們離開。

別看他們那樣，那似乎是很受歡迎的部門，學院生大半都對騎士投以崇拜或是欣羨的眼神。

「葵娜姊姊，接下來要怎麼辦？」

葵娜環視四周確認已經沒有危險時，莉朵開口問了。

孩子們已經露出疲態，葵娜便問：「要不要回去了？」

「嗯，累、了……」

葵娜抱起頻頻點頭的露可，要洛可希努準備回家。

莉朵不時抬頭看露可，於是在渡河後改抱莉朵。

「啊，對了，忘記還有小舟競賽了……」

轉頭看河中沙洲的方向，發現沒有要舉辦比賽的樣子，葵娜不禁歪過頭。

「關於那個，據說因為水神大人就在競賽路線上，怕有冒犯，所以決定改天變更路線再舉行。」

「……水神大人？」

「是的，就是指那個白色魚，守護者之塔。」

確實在演出那種戲碼後，被當成神之使者看待也是無可奈何。

但只要被那樣看待，誰也不敢對守護者之塔出手，對葵娜來說可是幫大忙。

「有公告啊？」

「是的，就貼在四處的牆壁上。」

葵娜感到愕然，因為她完全沒發現。

在她懷中的莉朵滿臉問號地問：「競賽？」

「我聽說有繞著河中沙洲舉辦的競賽喔。」

「很有趣嗎？」

「不知道耶，聽說會有賭局。如果有支持的船，大概會覺得很有趣吧。」

沒辦法看見包含殿助在內的孩子們英勇的一面也沒辦法，葵娜說著「下次還有機會吧」

重新抱好快掉下去的莉朵。

要葵娜一手抱一個也沒問題，但這樣會太醒目，她決定放棄。

就這樣一路輪流抱兩人直到回到租屋處。

第五章

報復、釣魚、歸程和機密

「叩、叩。」昏暗室內響起敲擊某物的聲音。

「可惡……」

還包含透露出「難以置信」這種情緒的聲音。

接著又持續發出「叩、叩」聲。

這是他不知該朝哪裡發洩這股不耐而敲打桌子的聲音。

「怎麼可能……」

男人是這個房間的主人，就在剛剛得知因為方才發生了難以置信的事，讓他的地位產生動搖。

在吵鬧的平民祭典接近尾聲時，他突然接到宰相的傳喚。

收到「盡速入城」的口信，做好不失禮的準備後前往城堡。

不知道發生什麼事的他竟然在國王同席的狀況下遭到抨擊，太令人不悅了。

罪責是他兒子企圖危害一般民眾。

而他的手下涉嫌想危害等同於國賓地位的相關人士。

還有他與地下組織的人聯手，玷汙了崇高的貴族之名。

當然他極力主張「這是誣陷」、「絕對是某人的陰謀」。

但有許多地位崇高者親眼見到他兒子在學院裡引起的要脅騷動，其中還包含公主的證詞和騎士團的抱怨，所以他無法顛覆兒子的嫌疑。

最重要的是，他的失策是現場竟然有能看穿謊言的魔道具【無語之眼(Sense lie)】，以及他用來聯繫地下組織且為了不留下證據，應該早已滅口的聯絡員竟然還活著。

雖然他全身捆著繃帶，但【無語之眼】肯定了男人確實應答的內容，否定了他這個貴族的辯解。

因此，國王和宰相根本不相信他這太牽強的詭辯，當場判刑。

判的刑罰是沒收他的領地，以及爵位降級。他的一族必須在本月中搬離現居宅邸，遷移至比現在小的居所。

「這到底是怎麼回事啊！」

除了「叩、叩」的敲擊聲，還多了腳踢東西的「喀、喀」聲。

煩躁得拿東西出氣的次數也增加。

這到底是因為源自於一族信念遭推翻的怒氣，亦或是單純因為男人的自尊遭到汙辱而產生的怒氣呢？

隨著夜漸深，辦公室裡「叩叩、喀喀、砰砰」的聲音也越來越多，傭人們都躲起來避免觸怒他。

在日期即將轉換之時，他的怒氣終於緩和。

拿東西胡亂出氣的房內彷彿遭魔獸大亂一番，凌亂得令人驚訝。

為了讓自己的暴戾之氣冷靜下來，他走回自己的房間。

他決定去看自己的收藏來撫慰心靈。

在打開門之前已經相當滿足，就像生日前一天無比期待禮物的孩子。

但他才踏入室內一步，心臟瞬間冰凍，因為房裡已有人等著他。

他不曾讓傭人踏入這個房間，而且只有他擁有鑰匙，這個人明顯是不法闖入者。

來者站在窗邊，手拿他的寶物，雜耍般在雙手間來來去去。

每當寶物被拋上空中，他的心都快要碎了。

「別這麼粗暴。」

「住手。」

「還我。」

但他說出口的都不是這些話。

「為什麼，你這傢伙為什麼會在這裡！」

如果嚇到來者害寶物落地就不好了。他小心翼翼地靠近，就在此時，月光照出來者的模樣。

那是剛剛在城堡裡感動地重逢的人物，他應該早已命令部下滅口的聯絡員。部下還帶回他身體極具特徵的一部分當作已經殺害的證明。

就是他的紅色眼珠。聯絡員的臉仍有一半覆蓋在繃帶底下，應該確實少了一隻眼。

「哎呀，伯爵大人，一會兒不見呢。怎麼啦，怎麼怕成這樣呢？」

聯絡員嘴角上揚不懷好意地笑，讓伯爵感到怪異。

聯絡員的態度應該更謙卑一點吧？不對，他應該是更低三下四看人臉色的人才對。

剛剛在城堡重逢時，伯爵很確定這個男人就是那個聯絡員，但現在眼前的男人完全看不出和那個人是同一人物。

「咯咯咯，你覺得不對勁啊？我只有在那一瞬間讓你誤認，現在已經切斷效果了。」

男人的輪廓突然開始扭曲。

看起來像是和陌生人的身影交疊。

和聯絡員不同，充滿自信的聲音充斥房內。那個人彷彿脫掉老舊外殼，從裡面走出另一個人。

「咚、喀！」房內響起這個聲音。

彷彿事不關己，雖然聲音近在身邊，但伯爵花上一段時間才發現那是自己發出的聲音。

伯爵手扶沙發椅背，跌坐在地。

眼前的現實就像虛構，無法碰觸的雲靄般的感覺讓他腿軟。

比聯絡員高了兩顆頭的高大男子佇立眼前。

衣領立起直達嘴邊，全身包覆在紅褐色的長袍中，只能看見他的頭和腳。

與人類不同的頭部長著微尖的耳朵和極有特色的角，光線昏暗看不清楚，但那是擁有淺黑膚色，被稱為魔人族的種族。

魔人用失去興趣的金色眼睛睥睨伯爵。

明明只是被盯著看，伯爵卻感覺凍進身體深處的寒冷，且無法克制全身發抖。

「啊、呃、嗚……」

心臟遭緊握的痛楚襲擊伯爵，他只能斷斷續續地喘息。

伯爵根本沒有餘力注意這是光靠視線就能造成對方狀態異常的【弱化效果（Debuff）】。

「那麼，顯然國王判的刑還不足以讓我原諒你。」

魔人視線一轉，第二個人物突然現身。

伯爵看見那個人的模樣，發出驚聲尖叫。

那是將白色樹木做成人型，脖子以上沒有頭，左胸有個漆黑的窟窿，純白骷髏就擺在裡頭。

「看你是要當那傢伙的材料，還是……」

突然一把大刀出現在伯爵面前。

光刀身就超過伯爵的身高，磨得晶亮的刀身如鏡子般映出伯爵恐懼畢露的臉孔。

「要被這個切成碎末。」

拿著大刀的是彎身才勉強不碰到天花板，有六隻手臂的藍色龍人族。

六隻手臂分別拿著不同武器，全以一擊斃命的距離對著伯爵。

「噫～～～～～！」

伯爵因恐懼而喉嚨乾渴，恐慌得手腳無法動彈。

雖然想立刻求饒，但他因害怕而僵直的身體根本不聽使喚。

眼前的魔人拿起桌上的金幣，若無其事地說出死刑宣告。

「那麼，我們就丟硬幣來決定吧。」

語氣輕鬆得彷彿日常對話。

骷髏和藍色龍人一瞬間露出傻眼的神色，但那立刻消失，讓人覺得應該只是看錯。

『不要。』

只有不成聲的悲痛哀號在伯爵心中不停迴盪。

手指彈開的硬幣無情地飛上空中。

慢動作般在空中不停旋轉舞動的硬幣，讓伯爵感覺似乎連硬幣上的雕刻都能看得一清二楚。硬幣落地的同時，伯爵使出全身力氣大叫。

但在之後，宅邸裡的傭人全都表示根本沒有聽到任何聲音。

祭典結束隔天。

葵娜醒來時，發現只剩自己一個人在床上。

晚上睡前確認的露可和莉朵的餘溫早已消失，只有折疊整齊的毛毯顯示她們曾在這裡。

「喵～～」

凱茜帕魯格輕巧地跳上床，在腦中對葵娜說：『妳睡太晚了啦。』

看窗外太陽的角度，葵娜似乎睡過頭了。

「看來昨天的事出乎意料地累啊……」

她用力伸了懶腰，用裝備欄瞬間換裝。

轉轉腰、動動肩膀，確認身體有沒有異狀，判斷沒問題後抱起凱茜帕魯格走出房間。

「葵娜姊姊。」

「媽、媽。」

「葵娜大人早安。」

她們用超適合搭配「撲撲」和「將將～～」等狀聲詞效果的笑容迎接葵娜。

「撲撲」是露可和莉朵抱住葵娜的聲音，而「將將～～」則是完美做好所有準備的洛可希努恭敬鞠躬後的姿勢。

「對不起，我睡晚了。妳們兩個吃早餐了嗎？」

「吃完、了。」

「早就吃完了～～姊姊睡太晚了啦～～」

「抱歉抱歉，昨天的任務好像讓我太累了～～小希，我想去路邊攤買早餐兼午餐，妳有準備早餐嗎？」

「沒有，我預想應該會這樣發展。那晚餐要怎麼辦？」

「那又該怎麼辦呢？最糟就是大家一起到酒館吃吧。」

「我明白了。」

祭典應該已經結束，葵娜打算去看看守護者之塔的狀況。當然也要帶露可、莉朵和凱茜帕魯格一起去。

只有洛可希努拿要幫租屋處大掃除為理由，晚點才要會合。

「我也幫忙會不會比較早結束？」

「葵娜大人，請您別搶我的工作好嗎？」

洛可希努怒瞪，葵娜也乾脆地把工作交給她。

「如果順利，明天應該就要把這個家交還，我會把它打掃乾淨。」

「嗯，那不好意思，就麻煩妳了喔。」

從道具箱逐一拿出打掃道具的洛可希努已經露出超認真的表情。

要是打擾正在打掃的洛可希努，她就會無意識地爆粗口，所以葵娜等人急忙離開。

讓凱茜帕魯格坐在莉朵頭上，葵娜等人朝大道方向前進。

「唔哇啊……」

「嗚嗯。」

「……」

大道狀況慘烈得讓三人一同閉上嘴。

「到處都是垃圾……」

「嗯。」

「啊～這也是當然～人那麼多，攤販也那麼多，確實會變成這樣。」

路旁可見竹籤、紙袋等東西一路綿延。

做生意的店家門口已經收拾乾淨，但這之外的地方亂成一團。

「感覺看見城市的黑暗面了……」

路邊的垃圾還好，在道路正中央的垃圾都會隨著每次馬車經過飛上天。

看見抱著大袋子收拾垃圾的人便上前詢問，才知道是專門承接城內委託的冒險者。公會在祭典後委託冒險者撿拾垃圾。

但人手不夠應付整個城市範圍，要花上幾天才能全部收拾乾淨。葵娜道謝離開後，在不醒目的小巷弄召喚出三隻【風精靈】。

「小心不要被人看見，操控風把垃圾聚集在一起吧。」

葵娜拜託小女孩外型的【風精靈】把垃圾集中到每個街角。

這麼一來，收垃圾的人也能省去一番工夫吧。

開心飛舞的精靈們消失身影，朝街上四方散去。

只不過，掀起旋風把垃圾捲上天是無所謂，但風強得連還有食物的竹籤也飛起來會不會太過頭了啊。

現在似乎還沒有人發現。

大概是來往的人不多，祭典期間幾乎沒有出現的妖精妹妹也在葵娜身邊飛來飛去。

凱茜帕魯格第一次看見妖精妹妹時也嚇一大跳，但現在即使妖精妹妹坐在牠頭上，牠也毫不介意。

那看起來就像不來梅的城市樂手，葵娜不禁噴笑。

「媽媽？」

「葵娜姊姊，怎麼了？」

「哈啊！啊，對不起，有一點好笑的事情，我不小心笑出來了。」

孩子們看不見妖精妹妹，所以根本無從得知頭上是什麼狀況。莉朵只要一搖頭，在她頭上的小貓咪和妖精妹妹就會跟著一起晃，所以葵娜拚命忍笑。

而這讓莉朵兩人問號越冒越多。

沒得到解答的疑問堆積，孩子們開始不開心地鼓起臉頰，葵娜只好坦白，當然沒有提及妖精妹妹。

「莉朵妳每次動，頭上的凱茜帕魯格就會跟著晃來晃去，看起來很開心。不是妳不好啦，對不起喔。」

「唔～～～」

莉朵把凱茜帕魯格抱下來，交給露可。

露可接過凱茜帕魯格看了一會兒後，撇嘴交給葵娜。葵娜接下凱茜帕魯格，但小貓咪在她懷中轉身逃脫。

凱茜帕魯格落地後抖了抖身體，快步往河岸方向跑去。

「啊，小貓咪，等一下！」

「跑掉……了？」

看莉朵追著凱茜帕魯格跑走，露可擔心地抬頭看葵娜。

「放心放心，那隻小貓很強，不需要擔心～～」

葵娜抱起露可要她安心，追在凱茜帕魯格、妖精妹妹和莉朵後面。

河岸有無數棧橋，莉朵就在其中一座棧橋把凱茜帕魯格抱起來。

露可小跑步靠近抱住她們。

「不可、以……自己、亂跑。」

「露可，對不起。」

莉朵道歉後抬起頭，葵娜在站在露可後面，手拿幾串鹽烤魚。「來，這給妳。」她把其中一串拿給莉朵。

棧橋靠陸地這一側擺著木箱和酒桶，葵娜讓孩子坐在上面。

接下來一段時間只有吃東西的咀嚼聲響起。

葵娜朝沙洲方向凝視，守護者之塔周邊被隔著一段距離的小船圍繞。用【鷹眼】技能確認小船上的人，大半都是士兵。

他們似乎正用凶惡的臉孔瞪著乘載大量觀光客慢慢經過旁邊的槳帆船。

葵娜感到有點不好意思，她似乎增加了士兵們的工作量。

「啊。」

葵娜發現莉朵驚呼，因而看向周遭，稍微反省自己有點太過注意遠方狀況了。奇奇基本上會注意附近，如果真有危險也會警告她。

在莉朵視線前方，凱茜帕魯格正把烤魚的竹籤集中起來，然後咬得粉碎。

葵娜把吃完的竹籤拿給牠，牠也把那咬碎。

把粉碎的殘骸集中到木箱角落後，一陣風把垃圾全部一起帶走。

凱茜帕魯格似乎和精靈也很要好，仰起頭擺出驕傲的樣子，得意地對葵娜說：『怎麼樣啊？』

「好棒好棒。」葵娜摸牠的頭誇獎之後，孩子們也模仿她說著：「好棒好棒～～」

「好、棒？」摸牠的頭和背。

凱茜帕魯格只有這時露出莫名的表情，又讓葵娜想笑。

給孩子們吃水果當飯後甜點時，葵娜傳訊息告訴洛可希努她們現在在哪裡。

洛可希努似乎還得花一段時間，所以葵娜等人決定先到河中沙洲。

船隻禁止航行令已經解除，共乘船也重新開始營運。

只不過，共乘船出發點的棧橋上的人對葵娜提出奇怪的提議。

「我可以讓小孩免費搭船，能請妳表演水上行走嗎？」

「什麼～～」

葵娜沒想過自己會變成餘興節目，這才發現有很多人看到她那副模樣。

把獻醜的羞恥心和六枚銅幣擺上天秤。羞恥心就看她怎麼處理自己的心情了。

別想成被看，當作是自己要給別人看就好。只不過葵娜得花上一段時間，才有辦法如此轉換想法吧。

「嗯～～好吧。抵達沙洲前，我都在船旁邊走，這樣可以吧。」

「啊，如果能這樣做就幫我大忙了。要我付薪水給妳也行喔，先等我調漲這趟船費。」

旁邊的乘客聽見船長的話也哄堂大笑。

能有在水上行走的人陪伴搭船，這點宣傳效果非凡，而且這個人不是經常能夠同行，更讓人有種賺到的感覺。

「那麼，就讓我的隨行者免費搭船當成我的薪水吧。」

「這樣就可以了嗎？」

船長大叔表示「我可以再多出一點喔」，但葵娜沒打算對這從天而降的事情太認真。

總之，嚴正拒絕了薪水的提議。

除此之外，葵娜在旁同行時，乘客的船費也會漲價為三枚銅幣。這是來回票，回程時葵娜不見得會同行，這樣也能接受的人就可以上船。

船隻出發後，葵娜就在露可兩人附近跟著船隻一起走，周遭有非常多視線直盯著她。

開始走幾分鐘後，葵娜湧起想收回剛剛那個想法的心情。

抵達沙洲的棧橋，船長和乘客們向她道謝。葵娜草草打招呼後急忙離開，因為有幾個人一臉想拜託相同事情的表情。

「不可以隨隨便便什麼事情都答應啊。」

不管怎樣，葵娜都決定這個服務僅限於那艘共乘船。

帶著露可和莉朵朝沙洲的東側前進。

不少人往那邊過去，也有人從那邊過來。

終於走到平常可以看見藍鯨頭部的地點時，除了空出一個半圓形的空間，其他全被花束堆積起來的高牆包圍。

「唔哇～～這是怎樣啊。」

「花，好多、喔。」

「真的很多花呢～～」

只有勉強可以看見藍鯨鼻尖的部分空出一道縫，前來的民眾紛紛朝那邊祈禱。
接著把拿來的花束放在牆上後離開。
就在她們觀看時，高牆也越來越厚。
還有人用可疑的目光看著沒有要祈禱的葵娜等人，葵娜決定離開不打擾大家。
在那之後藍鯨噴水，前來朝拜的人歡聲四起。
似乎還有人以為是什麼祝福。藍鯨現在噴的是淡水，不是海水就是了。
那之後繞去教堂看閃閃發亮的彩繪玻璃，接著前往卡達茲的工坊。
這時洛可希努終於前來會合了。
「如何？」
「是的，我徹底打掃乾淨了，今天要離開也沒問題。」
「這樣啊，辛苦妳了。那我們就明天回去吧，妳們兩個可以嗎？」
「好。」
「嗯，好喔～～」
也取得了孩子們的同意，明天去向艾利涅道謝後就離開費爾斯凱洛吧。
而且讓莉朵離開村莊太久，瑪雷路也會擔心。
「老媽！」
「嗨，卡達茲。」

工坊雖然有營業，但看起來沒有很忙。

葵娜等人正好在員工坐在地板或木材陰影處休息時來，卡達茲連忙從裡面跑出來。

「前陣子的木材謝謝你啦。多虧有你，我蓋了一間好房子呢。」

「那是多虧老媽的手藝，和我沒關係吧。嗨，露可，還好嗎？」

「……好，卡達茲……哥哥、你好。」

「你好，第一次見面，我是莉朵。」

走到卡達茲身邊的露可稍微點頭打招呼，莉朵在她旁邊一鞠躬。

洛可希努站在葵娜後頭行禮。

「噢，這位就是那間旅店的小姑娘啊。我是老媽的第三個小孩卡達茲，如妳所見，我在這間工坊裡造船，請多指教啦。」

卡達茲雙手環胸，摸著自己的鬍鬚簡單地自我介紹。

露可和莉朵牽著手，視線朝上畏怯地問：「可以……到、處看看……嗎？」

「喔喔，可以啊……到處都擺著危險的東西，不可以靠近木材小山喔。那可能會因為什麼原因垮下來。」

「……嗯。」「好！」

「那麼，就讓我帶著兩位一起參觀吧。」

不知何時站到身邊來的洛可希努自告奮勇。卡達茲找了一個部下幫忙介紹，還交代可以讓她們到處看。

就算發生崩塌事件，有凱茜帕魯格和洛可希努保護露可和莉朵，葵娜也沒特別擔心。

「不好意思，露可說出那種任性要求。」

「沒什麼啦，那種程度沒什麼大問題。而且那位小姐看起來頗厲害，只是木材崩落應該也難不倒她吧？」

莉朵問卡達茲的部下：「那是什麼？」「這是什麼？」（露可在旁邊對莉朵竊竊私語）洛可希努在她們後面毫不鬆懈地睜大眼睛。

休息中的員工都微笑看著這一幕。

「我在村莊裡蓋的房子，有多蓋幾個房間，隨時歡迎你們來住。我還在村莊裡蓋了公眾澡堂。」

「是喔，那還真令人期待耶。」

「然後還有這個，給你！」

從道具箱拿出來的酒桶「咚」的一聲擺在卡達茲面前。

聞到飄散出來的香氣，卡達茲露出笑容衝上前：「是酒啊！」

「我打算在村莊裡經營酒館，送你一桶感謝你幫我準備木材。你要獨享也行，要和大家一起喝也好，隨你高興。」

「我已經收下木材的費用了耶，這樣我是不是會拿太多啊？」

「你也太規矩了吧……這時候乖乖說『賺到了』收下就對了。」

「喔、喔，那我就感激地收下了。」

「接下來會透過堺屋銷售，想再喝就跟他們訂吧。」

「我知道了。老媽，多謝妳啦。」

卡達茲似乎相當開心，一臉喜悅地扛起酒桶往工坊裡走去，順便對部下喊：「大家！老媽送我上等的酒，今晚開喝啦！」

部下們歡聲四起，震響工坊。

露可她們被歡聲嚇到，東張西望。

「喵～～」凱茜帕魯格叫了一聲，舔舔莉朵的臉頰表示沒有危險，要她們冷靜。

葵娜有預感大概今天就會喝光，也跟著苦笑。

「這種應該叫今朝有酒今朝醉吧？」

「……酒？」

逛完一圈的露可等人走回來，聽見葵娜的嘀咕，露出不可思議的表情。

葵娜看見卡達茲開心地小跳步回來，有點傻眼。她無法理解愛喝酒的人的心情。

「就是酒要在能喝的時候喝光的意思。」

「嗯～～我不太喜歡喝得醉醺醺的大人……」

「莉朵真老實呢～～」

莉朵跟姊姊路依奈一樣老實地說出感想，葵娜不禁噴笑。

家裡是旅店兼酒館，她應該看太多大人不成體統的樣貌和醜態了吧。

在旁邊聽到這句話的員工摀住胸口呻吟或是別開視線，給葵娜留下深刻印象。

孩子們說想看這天重新展開的造船工作，所以她們在工坊裡留到傍晚。

洛可希努說她可以照顧孩子，沒事可做的葵娜就到沙洲邊去釣魚。

釣魚也是技能之一，葵娜只有到釣食材用的程度。

玩家當中有許多追求罕見魚類，或是以蒐集所有種類為目標傾全力精進的人。

葵娜也常被技能大師同伴九条拜託，無止盡地陪他釣特定魚類。

在因為別的目的造訪的沙灘上，落得要和李奧德克等人釣髭水龍的下場時，葵娜也對自己捨命陪君子的程度感到傻眼。

那時想釣髭水龍的不是九条，而是穿著海牛玩偶裝的李奧德克。

引發大騷動，還出現犧牲者才終於成功討伐髭水龍，沒想到那竟然無法成為召喚獸。葵娜還記得李奧德克不甘心得都哭了。

葵娜不小心回想起當時的事情並做準備，直到卡達茲開口才發現自己邊笑邊作業。

釣魚用的魚餌也用技能製作。多虧九条雞婆，葵娜也有一整套釣具。

市場可見豐富的魚種，不管釣到什麼，交給在這邊生活很久的兒子來判斷哪種魚能吃就好。

第一釣就釣到艾吉得大河名產鯰魚（彭思），然後發現自己還需要容器。
隨著時間過去，工坊員工的焦點全集中在葵娜身上。
因為她只要拋出釣竿就肯定會釣到什麼。
卡達茲機靈地拿過來的圓木盆已經裝滿兩大盆。
其中一盆放體型小的魚，裡頭已經塞得滿滿的。
比起參觀工坊，露可和莉朵更被魚吸引。
她們和洛可希努一起看木盆，問卡達茲魚的種類和料理方法。
彭思等體型較大的幾隻魚在另外一個木盆裡游著。
太小的魚就在卡達茲的建議下放生。
「小魚應該釣夠了吧～～」
葵娜收起中等尺寸的釣竿，拿出大釣竿。
「小希，妳可以從那邊的木盆裡挑幾隻魚出來切一切嗎？」
「您要把這些當餌吧？請等等。」
洛可希努拿出自己專用的刀子和砧板，從木盆裡隨意挑出兩三隻魚後，俐落地切碎。
「葵娜姊姊，妳還要釣嗎？」
「現在釣得正開心。妳們可能覺得有點無聊，不過等一下喔。」
好久沒釣魚了，開始釣之後意外地有趣。從「釣夠家人的份就好」到「連大家的份也一起釣吧」，現在已經變成「不把釣線弄斷不罷休」的狀態。

「啊～放棄放棄！這樣根本無法工作！喂，哪個人去把瓦斯爐和木材碎片拿過來！還有會殺魚的人！」

大家都對狂釣魚的葵娜充滿興趣，卡達茲判斷工作毫無進度後，便把部下聚集起來當場料理這些魚。

員工在卡達茲一聲令下，立刻從工坊裡收集來可以當柴燒的碎片，燃起營火。也從廚房搬出魔道具瓦斯爐，擺好鍋子和平底鍋，會殺魚的人就處理魚。因為工作關係，手腳俐落的人不少。有人將魚剖腹去除內臟後串上竹籤鹽烤，有人現切成生魚片，還有人處理乾淨後立刻炸，附近開始飄散香氣。

洛可希努也借了一個瓦斯爐，開始煮她要煮的東西。就算是這種時候，她也沒打算配合其他人。

露可和莉朵完全跟不上大家迅速的腳步，只能抱著凱茜帕魯格，呆呆地看著粗獷男人俐落的動作。

「好厲害～～」

「嗯，好厲害、喔。」

「喵～～」

凱茜帕魯格搖頭晃腦，渴望的眼睛緊盯著眾多魚料理。

經過附近的漁夫被氣味吸引，也拿著自己的釣魚成果聚集而來。
工坊河岸邊不一會兒就聚集人潮，燃起好幾個營火化身為臨時宴會場。
葵娜才剛換好釣餌，立刻就釣到外形像巨骨舌魚，長達三公尺的魚。聚集而來的人們瞬間大聲歡呼。
聽說是很難釣到又很好吃，在市場要賣到兩枚銀幣以上的高級魚。
大家似乎會尊重釣者的意願決定要不要料理。葵娜也不想帶回家，便要大家一起吃掉。
「葵娜……媽媽，這個、給妳……」
「哎呀，露可，謝謝妳。」
露可把挖洞用香草蒸煮的第一片魚肉拿過來，往葵娜張大的嘴送進剛出爐的魚肉。
「好燙！呼啊、呼啊～～啊，這真好吃耶。」
利用香草去腥，只撒鹽巴的魚肉相當柔軟，味道類似鯛魚。
露可端來的盤子上，葵娜的份吃完後，跟在後面的莉朵端來另外一盤。她們兩人一起分食，也被這種美味嚇一大跳。
卡達茲接著過來，把手上的杯子拿給母親。
他似乎已經打開剛剛的啤酒酒桶，請大家喝酒了。
「拿去，老媽的份。已經釣那麼多，夠了吧。妳也差不多該停止，一起參加宴會了。」
「嗯～～我釣得正開心耶，再釣一下下。」

「妳還要釣啊……」

「還有，卡達茲，我不喝酒喔。」

「什麼?這是妳拿來的耶。」

「是我拿來的也是我做的，但我不喝酒。」

看見卡達茲大受打擊而僵住，葵娜也只能苦笑。

就算是兒子，葵娜真心希望兒子別把自己當成和矮人族一樣的酒豪。

「媽媽，還要……吃、嗎?」

「這個嘛，可以幫我拿普通的鹽烤魚來嗎?」

「……嗯。」

順帶一提，洛可希努正用技能做出鹽巴，並用【料理技能】做箱壽司和握壽司。

因為是很罕見的料理，才剛做好就有很多人想吃。然而洛可希努散發出的威嚇感驚人，誰也不敢出手。

洛可希努笑咪咪地看著露可和莉朵拿食物，她們以外的人只要伸手就會被她狠瞪，沮喪地敗退。

葵娜一手拿著釣竿，大口咬下露可替她拿來的鹽烤魚。

莉朵因為養成的習慣開始服務大家，又是幫忙端料理又是幫忙倒酒。有人開始唱歌，還有人吹起笛子，不知為何連路過的吟遊詩人也加入，吵鬧狀況不停加劇。

「越來越熱鬧了耶，常常這樣嗎？」
「幾乎沒有。該怎麼說呢，只要老媽一來……就會有很多騷動。」
「還真是不好意思啊！」
「嗯……很、開心。」
卡達茲移動到葵娜站著的河岸，在一旁的木箱上坐下吃喝。
露可坐在旁邊的大岩石上，看著總人數已經上升到八十人的宴會。吃飽喝足的凱茜帕魯格在她腿上，被她撫摸著發出呼嚕聲。
洛可希努帶著服務大家累壞了的莉朵回來。
雙手疊著好幾個盛裝料理的盤子。
洛可希努先把盤子拋上天空，接著從道具箱拿出桌子，一一接好落下的盤子擺到桌上。
這簡直稱得上雜耍或技藝了。露可和莉朵熱烈掌聲鼓勵，洛可希努恭敬地一鞠躬。
「莉朵，也辛苦妳了。」
「嗚嗚～～不知不覺中我就開始幫忙大家了～～」
「小姑娘，那只能說是職業病了吧。」
「葵娜大人，不好意思，我沒辦法過來幫忙，真的很抱歉。」
「有必要的話我會叫妳，妳想做什麼就去做啊。」
洛可希努為她離開主人身邊的行為道歉，露可摸摸她的頭安慰她。

她似乎不想讓洛可希錄斯聽到她這不像樣的一面。

葵娜歪頭不解：「她有失職到那種程度嗎？」莉朵在葵娜身邊看著沉入水中的釣線前端，有點無聊地問：

「葵娜姊姊，妳還要釣嗎～～？」

「嗯～～再釣一隻就回家吧……咦？」

話還沒說完，釣竿往下一沉。

那是海釣用來釣大型魚類的特殊裝置，似乎釣到什麼了。釣線在營火照射不到的水面往右又往左移動。

葵娜雙手緊抓釣竿，命令洛可希努：「光！」【附加白光】立刻附加在釣竿前端。凱茜帕魯格離開露可的大腿，跑到水面盯著釣線前端瞧。

葵娜接著召喚出【光精靈】，巨大蒲公英棉花照亮水面下。

隨後，巨大影子緩緩占據水面。目擊這一幕的葵娜一家人睜大眼睛。

「唔哇，這是什麼啊？」

「太大了吧……就算能釣上來，這邊的空間夠嗎？」

迅速看了附近河岸一眼的卡達茲立刻要周遭的人往後退。

「喂！有大獵物上鉤了，你們快點退開！」

「不對，也還不知道能不能釣上來啊！」

「老媽絕對能釣上來，我相信妳！」
葵娜見兒子朝自己豎起大拇指，只能遙視遠方。
「我討厭被人過度期待……」
不僅兒子，連開宴會的人也聽見騷動跑過來。目光全聚集在拿高釣竿，被上鉤的大獵物折騰的葵娜身上。
葵娜緊緊抓牢左右甩動的釣竿，決定放棄收釣線拉起來的方法。
採取維持釣線現狀，慢慢把獵物拉上來的方法。葵娜拿高釣竿，自己一步步往後退。
獵物大概終於死心或自暴自棄，一點一點被拉上岸。
在【光精靈】照射下，看見其形體的人們驚聲尖叫，爭先恐後逃離岸邊。
洛可希努也一手抱著露可一手抱著莉朵離開現場。
只剩下單手拿啤酒的卡達茲，還有拿著釣竿的葵娜，以及在他們腳邊低吼威嚇的凱茜帕魯格。
「這是什麼鬼啊？」
「怪獸。」
那是全長有九公尺，以四腳步行的鱷魚。
一身深綠色凹凸皮膚的怪獸，鯊魚頭搭配鱷魚身。背上有往旁邊展開，與魟魚相似的魚鰭，還長著類似山椒魚的薄長尾巴。

看見這讓人想起過去怪獸的嵌合獸，葵娜不禁懷疑：「這該不會是哪個爭奪點出現的怪獸吧。」

爬上陸地的鱷魚嵌合獸「喀、喀」地張合嘴威嚇母子兩人。

「啊～～對了，我記得好像有對河川一帶發出警告。」

卡達茲喝著啤酒，彷彿這才想到，不疾不徐地說著。後方部下們紛紛怒喊：「不就是師傅去聽來的嗎！」

在母親面前，他也不能對自己的疏忽朝後方怒吼回去，只能額冒青筋。

葵娜苦笑著說「好啦、好啦」安撫兒子，瞥了鱷魚嵌合獸一眼後歪過頭。

「話說，這應該就是在守護者之塔之前出現的那個影子吧？」

就在這瞬間，怪獸「嘎啊啊啊！」地大叫，襲擊移開視線的葵娜。

後面旁觀的人倒抽一口氣大喊：「危險！」

預想會出現女性被大卸八塊的慘劇，不想看見這一幕的人還閉上眼睛。

尖叫聲四起的黑夜中，遭襲的當事人（葵娜）不慌不忙地用力踢向地面。

鱷魚嵌合獸巨大的身體躍上高空攻擊兩人，葵娜滑到牠的正下方，朝牠一踢。

【戰鬥技能（Weapon skill）：震腳爆破】。

「轟隆隆！」巨聲響起，鱷魚嵌合獸的胸口到背部貫穿了一個大洞。

瞬間斃命的鱷魚嵌合獸飛過葵娜頭上，直接掉在沙地上一動也不動。

幾乎令人發疼的靜默在周邊蔓延，戰戰兢兢地窺探狀況的圍觀人群凝視一動也不動的鱷魚嵌合獸。

接著，騷動的民眾當中開始有人拍手，那立刻轉為大聲喝采，巨大歡聲響徹沙洲一帶。

此時，鱷魚嵌合獸身上發出燐光，在人們驚訝的凝視下瞬間化作光，怪獸的身影就此消失。

沙灘上只留下一個掌心大小的小正方形金屬。

「果然是掠奪點出現的怪獸啊……」

葵娜撿起金屬，用【調查】鑑定後，丟給卡達茲。

「喔喔！老媽妳幹嘛啦，別突然丟過來啊。」

「我用不到，送你。」

「不是吧，說用不到，這什麼……」

卡達茲自己施展【調查】後，「噗！」的一聲噴出來。

金屬的真面目是大馬士革鋼，夢幻金屬中的一種硬質金屬。

總之，宴會在此解散，一起吃喝的民眾和工坊員工開始整理。

在這之中，不知為何一起參加宴會，正在巡邏王都的士兵向目擊消失怪獸的民眾問話。

「偷懶啊。」

「就是偷懶吧。」

「呃、呃，你們在說什麼啊？這也是我們工作的一部分，嗯。」

「他在說謊。」

「確實是在說謊呢。」

士兵聽見葵娜說或許是在白魚騷動之前，一開始出現的巨大魚影後，急急忙忙去跟上司報告。動不動就得渡河，這類報告相當花時間，這是費爾斯凱洛很大的缺點。

聽說沒有急迫性就不能搭乘蜻蜓艇。

「還真麻煩。」

「老媽，不是每個人都跟妳一樣有那麼方便的技能。」

葵娜嘆氣後，卡達茲露出傻眼的表情。

至少要幾天才能知道結果，葵娜表示如果有酬勞就交給卡達茲。

「我幫妳保管到妳下次來。」

「你拿去用掉也無所謂喔。」

「葵娜大人，您說那什麼話，金錢是有限的。卡達茲少爺，請務必代為保管。」

「喔、喔……」

洛可希努代替漫不經心的葵娜湊到卡達茲跟前。

面對她無比認真的表情與眼中的熱意，卡達茲只能點頭應允。

「那麼，我們要在船班停駛前回去。露可、莉朵，回家嘍～～」

「好～～」

「好。」

洛可希努鞠躬行禮，露可抱起凱茜帕魯格跑到葵娜身邊，莉朵則是收下幾隻鹽烤魚後追上去。

「哎呀呀，只要老媽一來就騷動不斷。」

卡達茲目送葵娜離去後，狠踢部下的屁股催促他們快點收拾。

渡河後，夕陽完全西下，周遭一片黑暗。

街上還留有祭典的餘韻，有許多人聚成一團喧鬧。

帶著孩子走在這之中，就會有人開口表示擔心小孩。好心人是很多，但很可惜，葵娜沒有遇到好心人。

大多都是看到她們只有婦孺，想強迫她們一起喝酒或是想找女人的人。

她們隨意應付，聽不懂人話的就讓對方親身體認實力差距，如此這般在街上前進。

抵達租屋處時，葵娜的精神無比疲倦。

「最後一關啊，真夠麻煩。」

之所以這樣說，是因為她發現租屋處前有好幾個人影。

她拿下當耳飾的如意棒轉一圈，變回順手的長度後瞪著那群人，接著從中聽見慌張的聲音。

「喂、喂！妳等等！為什麼突然進入備戰狀態啦！」

「嗯？」

「大、大姊姊，那是昨天的騎士叔叔喔。」

莉朵抱住葵娜的手阻止她。

在黑暗中定睛凝視，發現一群騎士和被他們保護在其中的梅伊麗奈一臉驚訝地站著。

「什麼嘛～～原來是閃靈賽巴啊……別讓人混淆啦。」

「總覺得妳好像很累？妳在幹嘛啊，帶著孩子還搞這麼晚。」

「發生很多事情啦。看樣子你們還沒接到報告，總之先進屋吧。小希，累了一天很抱歉，麻煩妳幫大家泡茶。」

「我明白了。」

雖然請大家進屋，但真的進屋的只有閃靈賽巴和梅伊麗奈，剩下的騎士似乎要待在房子周遭戒備。

洛可希努做準備時，葵娜帶孩子們上二樓。

「凱茜帕魯格，麻煩你一下嘍。」

「喵～～」

「妳們兩個可以先睡。」

「好～～」

「……嗯。」

兩人換上睡衣，蓋著毛毯目送葵娜離開。

葵娜下樓後，在已經坐在桌邊的兩人面前坐下。

「所以，有什麼事？」

「妳有氣無力的，是又幹了什麼好事嗎……」

「應付那些醉鬼很累人啦。」

比起沙洲上的騷動，這更加累人。

梅伊麗奈看見葵娜努力忍住哈欠伸懶腰，便呵呵輕笑。

「看妳輕而易舉完成大工作，卻因為應付人而疲憊。葵娜小姐真是個有趣的人。」

洛可希努在每個人面前擺上茶後，一鞠躬離開。

三人拿起茶喝，稍微放鬆之後，閃靈賽巴遞出一個有點鼓脹的皮革袋。

「這是什麼？」

「昨天的報酬。」

「這樣啊。」

「咦？只有這句話嗎？」

葵娜接下袋子，也沒確定內容物就直接收進道具箱。這過於簡潔俐落的應對讓梅伊麗奈睜大眼。

「給我我就收。這種事一旦拒絕，只會讓狀況變麻煩。」

「發生什麼事了啊？」

「噢，剛剛發生一點事。感覺因為沒有證據，回應就被拖延了。」

葵娜說完在沙洲發生的騷動後，梅伊麗奈立刻站起身。

「梅伊，怎麼啦？」

「我要去矯正士兵們的認知。葵娜小姐可是我們的大恩人，怎麼可以說沒有證據就做出那種事！」

「不不不，沒關係啦！沒那麼嚴重！冷靜一點，好不好！」

葵娜慌慌張張地拉住梅伊，讓她坐回椅子上。

「呼～～又更累了……」

看見葵娜累癱在桌上，閃靈賽巴捧腹大笑。

「哈哈哈哈！如何啊，妳終於知道被耍得團團轉的滋味了吧。」

「話說，公主這麼晚還亂跑沒問題嗎？」

「就是因為有問題，我們才會跟著啊。別開玩笑了。」

「你幹嘛惱羞成怒？」

偷看梅伊麗奈，只見她一臉抱歉地點點頭。

報酬原本只要交給閃靈賽巴或哪個騎士送就好了，沒想到公主提出同行要求，才會帶著一大批騎士。

先前梅伊離家出走時葵娜也想過，看來想到什麼就做什麼的人似乎不只殿助一個。

當他們要回城堡時，早上召喚出來的【風精靈】正好回來，便讓【風精靈】跟著他們。也設定好在梅伊麗奈回到城堡之後就解除召喚。

「梅伊，掰掰，下次見嘍。」

葵娜揮手道別，梅伊拉起裙襬行屈膝禮。

「閃靈賽巴也再見啦。」

「喔，妳下次可別再帶來騷動了。」

提出困難要求的閃靈賽巴頭也沒回地朝葵娜揮手。

「葵娜小姐，晚安。」

「嗯，梅伊也晚安～～」

跟在一旁的護衛騎士們也各自向葵娜鞠躬或揮手，朝夜晚的喧囂中離去。

「啊～～還真是個慌亂的歇息啊……」

葵娜用力伸懶腰，打了一個大哈欠後說著「來睡覺吧」朝寢室走去。

房內是兩人和一隻貓感情要好地和毛毯捲成一團睡覺。

「哎呀呀。」

葵娜調整兩人的姿勢，蓋好毛毯，把凱茜帕魯格擺在正中央，說了「晚安～～」後也跟著進入夢鄉。

隔天一早前往艾利涅的商會，歸還租屋處的鑰匙。

施加在租屋處的陷阱也全部解除，洛可希努打掃得一塵不染，比她們租用前更加乾淨。

「艾利涅先生，非常謝謝你。」

「非常謝謝你～～」

「非常、謝、謝……你。」

「哈哈哈，看妳們玩得很開心真是太好了。祭典如何呢？」

「吃了不少東西，非常滿足。」

「哎呀呀，食慾比色慾重要啊，真不愧是葵娜閣下。」

沒有變裝的阿爾穆娜也站在艾利涅身邊，在丈夫的對話中斷時向店員交代了什麼，店員便搬來三個木箱。

「呃～～這是？」

「是的，我聽說葵娜小姐想要食材，所以嚴選了這些東西，請妳務必收下。」

「哇，還特地幫忙準備，真是太感謝了。」

「不會，這對本商會來說只是小事一樁。」

葵娜看了搬東西來的店員，表情莫名有點僵硬。有人還帶著濃濃的黑眼圈，大家看起來都很疲憊。

「那麼請收下。」

葵娜交給阿爾穆娜三枚金幣。阿爾穆娜眨眨眼，盯著手上的金幣。

「那個，這是？」

「費用。我不是說了下次會付錢嗎？」

「哎呀哎呀，被反將一軍了呢。我明白了，那我就恭敬地收下，謝謝惠顧。」

鬆一口氣的店員和阿爾穆娜離開後，艾利涅開心地開口：

「哎呀呀，葵娜閣下，看來我妻子相當喜歡妳呢。」

「……饒了我吧。」

葵娜無力地表示後，艾利涅說著「那麼，改天見」並且一鞠躬。

葵娜早已把馬車從道具箱拿出來，做好回村的準備。

這次為了避免騷動變大，決定讓一匹馬拉車偽裝成普通的馬車。

用【召喚魔法】召喚出名為安貝爾的馬，外表比粗獷的魔偶來得正常。牠是可以在海陸自由行走的神馬。

「那麼，艾利涅先生，承蒙你照顧了。」

馬車內的露可對艾利涅點頭，莉朵朝他揮手，他也揮手回應後向葵娜表示：「那麼，村莊見了。」

這次沒嚇到任何人，順利地通過東側城門，葵娜鬆了一口氣。

「葵娜姊姊，不覺得馬車速度很快嗎？」

葵娜在馬車裡放鬆時，眺望窗外風景的莉朵轉過頭說道。

這也沒辦法，因為馬車本身就有自我意志能自行走動。

而且葵娜也只交代安貝爾「裝作在拉馬車」，沒有要牠「不能拉馬車」。

大概是不太有機會出場，獲得召喚相當開心，安貝爾努力奔跑，馬車也跟著跑，效果加乘後，馬車以暴衝的速度往前奔走。

「他們都不會撞到人，（馬車中的）安全對策也很完美。」

葵娜眨了一邊眼睛。但馬車用超凡速度奔馳，周遭風景就像火車窗外的風景一般流逝，莉朵的表情染上陰霾。

葵娜探出頭說：「安貝爾～～速度放慢點喔～～」放低馬車的速度。

馬車這才終於降到一般馬車的速度。

安貝爾有點不滿，葵娜打算晚上不拉車時放牠在附近隨便跑。

離開費爾斯凱洛後的第一晚，野營時。

洛可希努發現有輛被四名騎兵護衛的豪華馬車從她們前進的方向靠近，便向葵娜報告。

背後帶著「彩虹光芒」的斯卡魯格從停靠在野營地的馬車衝出來。

葵娜苦笑著迎接兒子。

「啊啊，母親大人閣下，沒想到竟然能在這裡見到您……在下斯卡魯格感謝神明。」

護衛騎士們不理會正在生悶氣的斯卡魯格，著手準備野營。

剛才一拳打在兒子頭上的葵娜手指著說：「別全交給騎士做，你也去幫忙啊。」

從母親的笑容感受到涼意的斯卡魯格飛跳起身，轉過頭去幫忙準備野營。

「唉～～」葵娜手貼額頭嘆氣，把露可和莉朵叫過來。

「……叫、我們嗎？」

「什麼事，葵娜姊姊？」

「可以拜託妳們去問那些騎士要不要和我們一起吃晚餐嗎？」

「好，我、會加、油。」

「嗯！交給我們。」

目送兩人要好地手牽手離去，在旁邊生營火的洛可希努噴笑出聲。

「小希，怎麼啦？」

「您不去問斯卡魯格少爺啊？」

「不勞動者不得食。」

「這又是……少爺會做菜嗎？」

「在成為大司祭前的鑽研時代多少有做菜的經驗，沒問題吧？」

洛可希努依照人數泡好茶，遞給葵娜和走回來的孩子。

原本打算自行解決的騎士無法拒絕孩子央求的眼神，接受了葵娜的邀約。

順帶一提，斯卡魯格一邊啜泣一邊跑過來抱怨：「為什麼不來邀我？」露可傻眼地說：「哥哥……偷懶，所以、不行。」然後斯卡魯格就石化了。關於這部分的詳細過程，就暫且割愛不提。

葵娜施展【料理技能】做晚餐。

她從阿爾穆娜給她的木箱中拿出艾吉得大河產的大顆貝類、蔬菜和可鷺多鳥肉，做出微辣的湯品。

煮了滿滿一大鍋，幾乎全被騎士們吃光。

笨蛋兒子碎碎唸：「這可是母親大人閣下做的料理，你們要客氣一點吃。」葵娜適時讓他閉嘴。

洛可希努一視同仁分配茶水的畫面讓人覺得很不真實。

走到街道邊的小水塘洗餐具，母女和莉朵一起回來後就是短暫的團圓時光。

葵娜已經事先警告斯卡魯格，這是無關地位，什麼話都可以說的時間。

只不過，文官和傭人表示「我們無法同席」，便早早退下。

率領騎士的小隊長似乎是位明事理的人。

因為他開頭就說了「斯卡魯格大人，可以請您別從馬車裡對擦身而過的民眾拋星星或是彩虹嗎？丟臉的是我們」之類的抱怨。

「啊啊，我這個笨兒子真是對不起你們了。不然在你們回到費爾斯凱洛之前，可以拿繩子把他綁起來，我允許你們。」

「母～～親～～大～～人～～」

「你哭什麼哭，斯卡魯格，我可是認真的。」

「竟然不否認嗎！」

斯卡魯格錯愕地喊叫，圍繞在營火旁的人皆不禁失笑。

斯卡魯格爆哭，還縮成一團。

騎士問她們到費爾斯凱洛的目的。反正也沒什麼好隱瞞，葵娜就老實說了。

要去見女兒，順便帶孩子們到處參觀。

閒話家常一段時間，喝了酒也更敢說話的其中一位騎士不小心脫口說出一句話，讓現場瞬間寂靜。

「哎呀～～不知道斯卡魯格大人的父親是怎樣的人啊。」

這原本就是不管在哪個場合被提及都不奇怪的問題，但完全沒預料的葵娜一句話也說不出口。

連平常就算不講話也會用效果炒熱氣氛的斯卡魯格也一臉悲痛地低下頭，氣氛變得更沉默。

終究發現自己說錯話的騎士回過神。小隊長用手肘頂他，他便低頭道歉：「抱歉。」

這件事到此結束就能當作不重要的話題，但莫名的氣氛中，低著頭的斯卡魯格抬起頭凝視葵娜。

「母親大人閣下，關於父親大人閣下，我們兄妹也只聽過不清不楚的解釋。他到底是怎樣的人物呢？」

「噗！」

一波未平，一波又起。

兒子直接問出原本打算不了了之的話題，葵娜當場僵住。

只有這件事沒辦法感情用事，拿火炎系的最大高級魔法亂打人啊。

嚴格說來，斯卡魯格等人的父親就是「ＶＲＭＭＯ里亞德錄」的遊戲系統。

就算說了也沒人能理解啊⋯⋯

內心陷入混亂的葵娜只能不考慮後果，參考最熟悉的男性（奧普斯）開始說明。

她說那個人比自己強大，戲弄別人時就會有一大堆壞點子。

葵娜說著說著開始自我嫌惡，心情也越來越糟。其他人誤會：「大概是遇到什麼痛苦的事情吧。」開始同情她。

沒有提到「既然比母親大人強大，為什麼現在不在世上呢？」這個問題對葵娜來說，大概是最該慶幸的事情吧。

因為葵娜過度沮喪，大家便就此散會。

這段對話的始作俑者騎士深深一鞠躬，但葵娜表示這是她自作自受，要騎士別在意。

召喚出【火精靈】與【雷精靈】當野營中的警衛。斯卡魯格那邊有騎士，應該沒問題。

「啊～～」「嗚嗚～～」葵娜抱頭呻吟的時候，露可緊緊抱住她。

「怎、怎麼了嗎，露可？」

「要、和……媽媽、一起、睡。」

「咦、啊，這樣啊。那一起睡吧。」

露可心想從最初見面到現在，這還是第一次看見母親不知所措的模樣。

感覺終於看見母親像普通人類的一面，便感到安心。

「露可好詐！我也要和大姊姊一起睡！」

「不對不對，平常都要好地並排在一起睡啊。」

不知為何變成了搶奪葵娜的狀況，最後葵娜獻出自己的手臂讓孩子們當枕頭睡，才終於告一個段落。

洛可希努介入仲裁後順利解決。

「這明天絕對會肌肉痠痛……」

又過了兩天。這次在中途的野營地遇見包含孔拉爾在內的冒險者五人組。

「嗨，葵娜。」

「咦，你們不是接下護衛的工作嗎？」

他們應該接下了護送堺屋使者到國境的委託，這也太早結束了吧。

葵娜擔心地詢問後，結果原因相當簡單。

「噢，因為只有單程委託啦。他們說回程要在國境留一段時間，我們也正好就順路回費爾斯凱洛。」

「這樣啊，那晚餐一起吃如何？」

孔拉爾發現孩子們在葵娜背後直直盯著他們。

葵娜順著孔拉爾的視線轉頭一看，然後苦笑。

「不會打擾妳們嗎？」

「她們似乎很期待和其他人的交流。露可能更擅長社交一些是再好不過。」

接著輪到孔拉爾轉過頭問同伴：「她這樣說耶，如何？」

同伴們沒有異議，一口答應。

葵娜再次施展【料理技能】，這次做了類似西班牙海鮮燉飯的食物。

先不說孔拉爾，他的同伴第一次看到【古代技法】，全都嚇得睜大眼睛。

其實露可和莉朵會直盯著孔拉爾等人，就是期待著或許有機會吃到用【料理技能】做的菜。

和斯卡魯格一行人道別後，昨天的晚餐是洛可希努拿乾糧的肉乾和蔬菜煮湯。

似乎因此讓她們有了只要有其他人在就可以吃到「招待客人用的料理」這樣的認知。

但知道這件事的只有聽到孩子問「怎樣才能吃到媽媽做的料理？」的洛可希努。

夜深了，孔拉爾的夥伴們把自己的冒險經驗有趣地說給孩子們聽。

孔拉爾和葵娜分別和圍在營火旁的同伴說一聲，然後兩人單獨到馬車另一頭，黑暗的廣闊森林中。

葵娜說有機密要對孔拉爾說，他也答應了。

「什麼機密啊？」

「孔拉爾，你說你到這邊已經十年了對吧？看重你這個經驗，我有點事情想問你……」

「幹嘛那麼慎重啊？但我也是隱藏實力裝成新手，努力低調地活到現在，可沒有什麼能回答遊戲專家的知識喔。」

「我現在很認真耶……給你。」

「喔～～抱歉啦。」

葵娜把事先做好的裝有啤酒的杯子遞給孔拉爾。

這個技能的缺點就是要做就只能做出一大桶酒。

上次遇到斯卡魯格等人時做的酒還剩很多，現在遇到孔拉爾他們正好。

「你有沒有遇過只有你能相抗衡的敵人？先不要講上次遇到的活動怪獸。」

「嗯？這個嘛……就我記得的範圍幾乎沒有，妳有嗎？」

孔拉爾回問後，葵娜嘆氣，開始列出目前遇過的高等級怪獸。

最新的就是前幾天釣到的鱷魚嵌合獸、統領巨魔的黑精靈，以及讓她收養露可的幽靈船等等。

不管哪個都是在葵娜剛好在那裡的時間點出現。

「妳說妳剛好在那裡，會不會是自我意識過剩啊？」

「嗯，也是有這種感覺啦。問題在於除了爭奪點出現的怪獸，幾乎都是活動怪獸。明明是在和ＮＰＣ對話後觸發一連串事件才會有活動怪獸出現，為什麼會在沒有ＮＰＣ也沒有事件發生的情況下出現活動怪獸啊。」

葵娜低頭看裝了水果酒的杯子，淡然說明。

只看她的樣子，感覺也像在聽她說只能不停累積的抱怨。孔拉爾點點頭。

據葵娜所說，在她的日常生活中很難有機會遇到孔拉爾這類的同鄉玩家夥伴。

而且所有人都以冒險者為業，就算去當成據點的城市也不見得能遇到人。

和管家、女僕討論，似乎也找不到解決問題的線索。

孔拉爾推測實際上她只是想找個人抱怨。

即使如此，孔拉爾還是希望能提供一點可能成為線索的資訊，便從這十年內培養出的經驗與知識找出她想要的東西。

「嗯～～妳聽過廢棄都市嗎？」

「可惡……你在挖苦我嗎？這是挖苦嗎？是挖苦對吧！」

「啊啊！把褐國變成廢棄都市的人就是妳啊，我都忘了。」

營運商的推文又稱為「天氣預報」，預報顯示會有怪獸襲擊城市。

根據預報，而有了討伐出現在褐國首都的怪獸大軍的活動。

為了驅逐怪獸大軍，特別強化魔法攻擊的專家、高等精靈族最大等級者兼使用技能大師特權裝備的葵娜出面迎擊。

只不過，在這個活動前正好遇到版本升級，實驗性導入一般攻擊也能破壞建築物的版本，這就是最主要的原因。

幹勁十足的葵娜施放數百發廣域魔法【隕石落下（Giga strike）】的結果，讓褐國首都化為瓦礫山。

從那之後，褐國首都就被通稱為「廢棄都市」。這是遊戲中的常識，也是葵娜的惡名【銀環魔女】廣傳的原因。

「嗯，那在原本褐國的地方。我在旅行途中聽說『廢棄都市』在費爾斯凱洛和歐泰羅克斯中間的西側，都市本身的存在基於三國協定隱藏起來。」

「什麼？那是各國必須合作隱藏起來的危險地方嗎？還是對國家利益有幫助的地方？」

「這我就不知道了。但那是公開的祕密，相信有廢棄都市的人和認為那是童話故事的人各占一半的感覺吧。」

「我明白了。不過那和我提到的事情有什麼關係啊？」

孔拉爾吊人胃口地一口氣喝光啤酒，把空杯子遞給葵娜，然後咧嘴一笑像在表示：「妳懂的吧？」

「好啦好啦。」葵娜點點頭暫時離開，繞過馬車走到營火旁。

只是這樣就察知狀況的貓耳女僕洛可希努拿兩個裝滿啤酒的酒杯給葵娜。

「謝謝妳。」

「不客氣，還請您別介意。」

接著葵娜回到原本的地方，兩個酒杯都給孔拉爾。

他一口氣喝完一杯後，似乎也更願意說話。葵娜頂他的側腹要他繼續說，他便接著說下去。

「我也只知道童話故事的內容。『廢棄都市』是兩百年前，三國在大陸上建國時，神明將剩下的災禍封印的地點。」

「……災禍？」

「說災禍我也想不到是什麼，那會不會就是妳所說的活動怪獸啊？」

「……………喔喔！原來如此！」

「是不是～～就符號來說一致了對吧？」

「確實如此……」

至此，葵娜終於從孔拉爾長長一串解說中確信了。

但她突然想到孔拉爾、閃靈賽巴、Ｘｓ、庫歐路凱，以及忘記問名字的盜賊頭領出現在這裡的理由而停下動作。

「嗯，妳怎麼啦？」

「孔拉爾，結束服務那一天，你做了什麼？」

「啊～～我記得我就隨便和幾個人組隊去打雜怪。」

「……也就是說，兩百年前結束服務那一天，有非常多啟動任務，符合出現條件的活動怪獸，然後那些全被封印在『廢棄都市』中，這個假設如何？問題在於那些怪獸為什麼在最近跑出來了。」

「喂喂，妳等等……」

孔拉爾理解葵娜話中之意後，也開始冒冷汗。

「ＶＲＭＭＯ里亞德錄」的七個國家分屬不同伺服器。

每個伺服器的最大容量各不相同，但戰爭活動舉辦時，平均一個國家會有數千以上的人連線。

結束服務那一天，從一週前有專屬的版本升級，到處都有裝飾，都市和村莊還放煙火。

如果是喜歡祭典熱鬧氣氛的玩家……話說，感覺玩家都是喜歡祭典熱鬧氣氛的人。

連早就退出的人也久違地來參加，連線的玩家人數說不定多得連正常營運時也很少見。

在這種熱鬧氣氛中，除了孔拉爾，肯定也有許多人一直到最後一刻都和平常一樣努力練等吧。

如果其中一部分不是單純狩獵，而是想著反正都到最後了，就跑去啟動還沒玩過的任務呢？

或許在和頭目戰鬥中，所有伺服器停止運作，頭目因而處在尚未被打倒的狀態。

如果其數量龐大，這塊大陸上應該還有活動怪獸殘存。

雖然不清楚遊戲和這個世界的關聯到底有多緊密，但兩人認為把葵娜遇到的數量、童話故事以及三國協定一起考慮後，這應該是最確實的推測。

「閃靈賽巴身為國家高層，應該會知道這類情報吧？」

「妳兒子呢？」

「再怎麼說，那孩子應該都會公私分明～不然可不能說是國家第三把交椅啊。」

在葵娜的認知當中，斯卡魯格是個言行隨便，人格也很怪的人。

葵娜心想，斯卡魯格自己採取不讓母親和國家多有牽扯的處置，所以應該不會主動說出國家的重要機密。

但葵娜也不能因此跑到歐泰羅克斯去問女王薩哈拉謝德。

如果想確認這部分情報，最好的人選應該是地位離國家最近的凱利克。

葵娜心想既然是商人，說不定也把情報資訊當成一種商品，便決定去問看看。

再來也需要聽聽Xs他們的意見。葵娜讓腦內筆記本（奇奇）記起來，也和孔拉爾約好下次見面時彼此要交換情報，這一晚就解散了。

終章

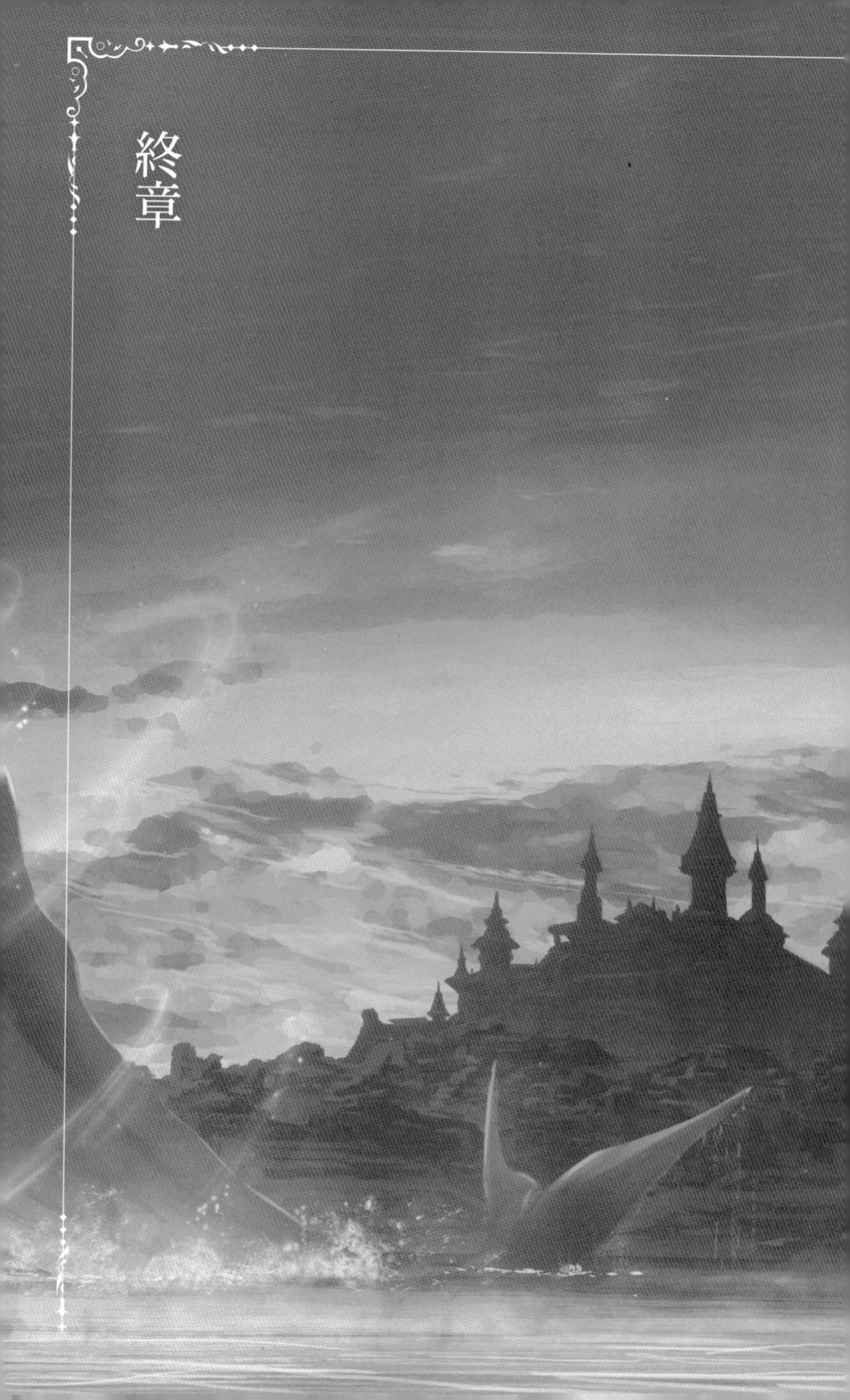

和孔拉爾道別後又過兩天，葵娜等人終於回到邊境村莊。

村莊入口的拉克斯工務店轉變為工務店兼雜貨店。

露可和莉朵迅速下馬車，拿禮物去給拉德姆。

葵娜順便也去和思雅打招呼，從她口中得知拉克斯工務店變成預計建設於國境的要塞的補給站，所以會銷售一般商品，村民們當然也可以利用。

葵娜說著：「這麼長的時間辛苦你了。」送凱茜帕魯格回去。

「喵～～」了一聲的凱茜帕魯格在葵娜腦海中留下「保母工作就交給我啦」之後消失。

安貝爾回去前還用臉頰磨蹭葵娜的臉頰，才嘶鳴後消失。

送莉朵回家時，瑪雷路相當開心看見大家平安回來，收到女兒的禮物更加開心。

葵娜道歉：「帶她出去這麼久，真的很不好意思。」瑪雷路緊抱著她，拍拍她的背。

「妳不需要在意這種事，下次有機會或許還會麻煩妳。」

回到自宅時，洛可希錄斯跪著平伏在地。

「咦、啥？」

再次定睛一看，他確實跪在地上。

甚至不在意衣服會被泥土弄髒，姿勢漂亮的跪姿。
洛可希努露出打從心底感到厭惡的表情，猶豫該不該一腳踩上他的頭。
「你這隻野貓是在幹嘛啦，終於罹患不把頭靠在地面就會情緒不穩的病嗎？」
露可嚇一大跳，緊緊抓住葵娜的斗篷。
「喂，洛可斯你快點起來。發生什麼事了？」
不管葵娜喊幾次，他仍舊維持平伏跪姿。
用勉強可以聽見的音量不停重複：「非常抱歉非常抱歉非常抱歉非常抱歉非常抱歉。」
「喂，到底發生什麼事啦？」
洛可希努中途終於認真發起脾氣，抓住洛可希錄斯的衣領把他舉起來。
「你這傢伙～～！你沒看見主人一臉困擾嗎……」
放任怒氣的聲音也中斷了。
因為被抓住衣領拉起來的洛可希錄斯不停流淚。
連洛可希努也氣不起來。
「啊、啊～～……那個……」
「總之先進屋吧。小希妳也把洛可斯放下。」
「呃、啊……好。」
替洛可希錄斯拍掉泥土、擦拭髒汙，安撫孩子般拍拍他的背，等他冷靜下來。

洛可希努也幫忙清潔。

大概是在不同意義上深受打擊，洛可希努也沒說難聽話，只是默默地工作。

先讓露可回房間避難，再次召喚出凱茜帕魯格陪她。

被召喚出來的當事人，不對，是當事貓露出「這是當然」的驕傲表情。

坐在餐桌旁終於冷靜下來的洛可希錄斯低著頭，葵娜看了也越來越不安，不知道到底發生了什麼事。

洛可希努也一臉嚴肅，抱著托盤站在一旁。

沉默了幾分鐘後，洛可希錄斯終於開口。

「那、那個……」

「嗯。」

「有、有客人來訪……」

「嗯……嗯？」

洛可希努在旁鬆了一口氣。

「不過是有訪客，你在幹嘛啊！」

「不、不是的。我被迫訂定契約，所以不能說出訪客是誰……」

「什麼！」

洛可希錄斯這段話中參雜了難以置信的單字，葵娜嚇得踢倒椅子站起身。

「契約是指【契約魔法】？」

【契約魔法】是玩家專屬的魔法，只能使用在ＮＰＣ身上。

其目的是要讓ＮＰＣ遵守約定，但不良玩家會用契約束縛別人的ＮＰＣ（養子或公會大廳內的職員等），強行把人帶走。

又被稱為「奴隸魔法」，是遊戲中相當遭到忌憚的魔法之一。

如果玩家不解除魔法或刪除帳號，就無法解除從屬狀態。

遊戲中曾一度連同魔法整個刪除，但還是有很多人當作違法程式帶進遊戲，使用的人只要被發現就會被通報加上刪除帳號。

「但你人還在這裡，所以被限制的只有訪客的資訊？」

「……是的，您交代我留守還發生這種事，真的非常抱歉。」

大概是無法忍受洛可希錄斯沮喪的樣子，洛可希努怒氣沖天，踩著重重的腳步離開。

「……所以，那個訪客說了什麼？」

「啊，是的，他留了一封信要我轉交。」

洛可希錄斯遞出一個褐色信封，是應該不存在於這世界的東西。

葵娜相當驚訝，從裡面抽出摺疊整齊的紙張打開。

——命名吧。

上面只寫了這句話。

特別短篇

公主的體驗

我是梅伊麗奈．爾斯凱洛。
費爾斯凱洛國的大公主，也是下一任國王。
我對成為國王的教育沒有不滿，也想著能有如此優渥的生活，我要加倍報答國民才行。
父親和母親都很溫柔，偶爾有些嚴格，可以感覺他們很愛我這個女兒。
還很淘氣的的弟弟偶爾也會關心我，我非常感謝他。
但是，正因如此而感到缺乏什麼，這是我太奢侈了嗎？
不知是否因為這樣，我對好朋友倫蒂說了那種話。
真的是一時鬼迷心竅。
我十分理解，話一旦說出口就沒辦法反悔。
不知為何，那時不小心脫口而出了。
「……什麼？那個，殿下，妳剛剛說了什麼？」
兒時玩伴倫蒂是繼承祖父阿蓋得成為下一任宰相的第一候補人選。雖然現在只交給她一些簡單工作，不過聽她說會和祖父一起討論，練習規劃對人民有幫助的解決方法。
據阿蓋得大人所言，倫蒂有時會為他人設想過頭而暴衝，我也認為她確實是一個有點死心眼的人。

但她在城堡內外會改變對待我的方式，我覺得非常棒。

「我說，我想……離家出走……」

我對自己所處的環境沒有不滿，但我想自己應該是得了常聽人說的「外國的月亮比較圓」的病吧。

我不禁想著，在城堡中無法遇見的某個人的生活或許也很有趣。

我抱著會被倫蒂罵的覺悟，試著說出口。

我心想，她肯定會斥責我這荒唐無稽的想法。

但倫蒂只是露出十分傻眼的表情說著「真拿妳沒辦法」，開始做外出的準備。

離開城堡時還替我對騎士團長閣下說謊。

但她扯的謊竟然是「殿下有件事想懺悔，所以要去教堂一趟」，不覺得太過分了嗎？

會不會被以為我有什麼重大煩惱需要去懺悔啊。

騎士團長閣下親自護衛我們到教會。但是倫蒂啊，這樣不就會妨礙我們的離家出走計畫了嗎？

……真是的，我完全沒想到倫蒂竟然和護衛我們的女性騎士有勾結。真希望她將我到教堂這之間的焦躁感還回來。

「那麼，兩位閣下，就當成我看彩繪玻璃看得入迷，把妳們看丟了吧。」

「但是這樣一來，妳不就得負責任了嗎？」

「是的，我應該會被騎士團長痛罵一頓吧。」

「我不忍心讓妳蒙受這種不明之……」

「但沒有問題！我已經從倫蒂小姐手中收到賄賂當作補償了！」

「！」

倫蒂啊，現在可不是妳喊著「耶～」和她互相擊掌的時候吧。

到底是什麼時候安排好這一切的？

啊，該不會連今天服侍我的侍女們早早離開我的身邊也全是妳一手促成的吧。

「那我們走吧，也得去找護衛我們的人才行。」

除了旅行裝扮，還讓我穿上可以完全遮掩身體的外袍。我們搭乘小小的共乘船前往市民區。

聽說倫蒂認識的那位冒險者這幾天都接下了委託，在城市裡到處跑。

聽說偶爾從騎士團長閣下口中聽見的城市裡新的觀光勝地也是那位人士建造的。

個人到底要怎樣才能獨力建造出觀光勝地啊？我沒有懷疑倫蒂說謊，但應該不是一個人，而是一群人吧？

然而令人意外，我們很快就遇見了那個人。

在我們前往冒險者公會途中，對方主動出聲喊我們。

看起來年紀比我小，她的美貌堪稱絕世美人。

五官漂亮得甚至讓人感到恐怖，親切地和倫蒂說話的樣子也可說與其年齡相符。總之，就是飄散一股不可思議氛圍的人。

我之後才知道她不是比我小，而是大我很多。精靈就是這樣擾亂視聽……

那位高等精靈族冒險者自稱葵娜……

高等精靈族不就是精靈族的王族嗎？為什麼她要在這種人類城市裡當冒險者啊！

倫蒂和葵娜小姐不理會我的疑問，一步步談好了我們離家出走時的護衛工作。

一般來說，應該都是從報酬開始討論吧？

也不知道能不能收到報酬，只憑著和倫蒂之間的對話就接下護衛工作，我完全不知道她在想什麼。

最讓我無法理解的是她接下需要外出的委託，然後表示就順便兼任我們的護衛這個想法是打哪裡來的。

幾乎沒帶行李要野營露宿兩天耶。真的沒問題嗎，倫蒂？

她腰上只掛著類似護手刺劍的劍，看起來一點也不強。

而且她要去討伐的對象還是彎角熊……

要打倒彎角熊至少需要兩名騎士耶。

「倫蒂，那位小姐真的沒問題嗎？」

「嗯，她的實力連我爺爺也拍胸脯保證，而且她似乎是斯卡魯格大司祭的母親，我想應該沒問題。」

斯、斯卡魯格大人的母親大人？

意外聽見斯卡魯格大人的名字讓我慌張，不小心被發現我也不曾對倫蒂說過的單相思之情，這是我最大的失算。

啊啊啊啊，為什麼我會如此不擅應付突發狀況啊！

就在我全身發燙不知所措時，葵娜小姐允許我繼續喜歡斯卡魯格大人。這應該不是在作夢吧？

話說回來，只在童話故事中聽過的高等精靈族這個種族擁有不可思議的力量。她對森林裡的樹木說話，請它們開道。我可沒聽過精靈族有這種能力。

在森林中沒有道路的路上前進，總之葵娜小姐是個可以用「不按牌理出牌」形容的人。

野營時的食物用【古代技法】製作，光是這點就夠讓人驚訝了。

只是守個夜，竟然召喚出冥府守門犬的三頭犬。

那是有三顆長著銳利尖牙的凶猛頭顱，體型和馬差不多的猛獸。只是被盯著看，身體就會不自覺發抖。看她撫摸這種猛獸，還像朋友一樣對話，令人難以置信。

接著在晚上的森林中發出轟聲巨響製作出浴池。

有種在一天內就理解葵娜小姐的感覺。

她所擁有的力量或許大得難以想像，倫蒂也有和我相同的意見。

還有，她非常貼心地保護我們。

明明身處森林中，能飽食溫暖地度過全多虧了葵娜小姐。

然後就是她與外表相反，十分強大。

踢一腳就能打倒彎角熊，這任誰也做不到。

但說著「讓我提供妳們安全的睡床吧」然後召喚出龍，真希望她能稍微考慮一下程度。不過那確實是沒聽過也沒見過的寢具。

也因為如此，我明白旅人到底有多辛苦。

我切身感受到如果沒有葵娜小姐，我們大概沒辦法在森林中有任何舒適的生活。也學到了要怎樣才能不感到無力與不甘心。

獲得知識、學習技術，就能旅行。

雖然無法過得像葵娜小姐那般舒適，只要累積經驗，應該可以追上一點吧。

首先我們能做的就是整頓街道。

我和倫蒂討論，光把這兩天發現的問題列出來就數量龐大。

我要一一解決這些問題。或許光解決就需要耗費許多時間，但很有價值。

回程當我們在煩惱時，葵娜小姐突然說：「我有不好的預感，快點回去吧。」急忙回去時只見一個絕望的化身正在攻擊城市。

但我們還來不及悲觀，葵娜小姐已經打倒對方了。

該怎麼說，或許根本沒有任何事情能難倒葵娜小姐。

回到城堡，我們被父親和阿蓋得大人痛罵一頓，但他們似乎也對我們表現出的幹勁感到不可思議。

「那麼，倫蒂，妳知道該怎麼做吧？」

「是的，殿下，首先把所有問題列出來，再去尋找解決方法。」

「然後提交給父親，從可能實現的開始解決。」

雖然還有斯卡魯格大人的事，不過要優先解決這些問題。

等實現了其中一件事後，想聽聽葵娜小姐的感想呢。

登場人物介紹

WORLD OF LEADALE

Character Data

4

Character Data

洛可希努

Lv550，暱稱「小希」。
貓人族女性。
設定年齡為21歲左右。

盜賊型後衛，主要武裝為短刀二刀流。
討厭男性，個性潑辣，且說話不饒人。和洛可希錄斯關係非常糟糕。
目前的工作是家事和照顧露可，為了做菜也會到村外採集食材。
兩人名字的由來都是64，源自桂菜的生日6月4日。

Character Data

洛可希錄斯

Lv550，暱稱「洛可斯」。
貓人族少年。
設定年齡為16歲左右。

萬能型前鋒，主要武器為劍。
個性相當認真，不太能開玩笑。
身為管家，他幾乎擁有所有能替人服務的技能，但家裡的工作被洛可希努搶走。在村莊裡，平常除了到處巡視，也負責教孩子們讀書、寫字和算數。

後記

午安、晚安、早安，我是作者Ｃｅｅｚ。

這次非常感謝大家購買《里亞德錄大地》第四集。

這一集是網路連載版本文第三十五話到第三十八話的內容，但我發現規劃繪製於封面的守護者之塔在這之後暫時不會登場。為了解決這個問題，我便增加新的守護者之塔的故事，結果就變成了這個對網路連載版讀者來說不甚熟悉的封面。

就是這樣，這次完全表現出我有多麼不懂得運用時間，聖誕節和新年全用來工作。我下了許多功夫，希望大家可以發現我的用心。

在網路連載版中的隨行者是洛可希錄斯，但書籍版變更為洛可希努。我寫他們兩人冷漠的對話自然發展成吵架的樣子寫得非常開心。

然後，閃靈賽巴和梅伊麗奈公主大為活躍。正因為有這番功績，梅伊繼承王位的基礎也更加堅固，還有現在仍未解開誤會的閃靈賽巴未婚妻之說等等。

終於登場的那個人……之類的，各種事件接踵而來。

下一集是騷動和烏龜。故事方面，網路連載版到了中間折返點，但書籍版可能又會有所不同吧。

てんまそ老師，感謝您這次也繪製了漂亮的插畫。我沒想到封面竟然是深褐色調，太美了……接著要向這次也被我添了諸多麻煩的責任編輯，還有所有相關人員致上無盡感謝。負責繪製漫畫的月見だしお老師，這次同時出版，恭喜。我也要向參與出版的所有相關人員致上最大的謝意。感謝大家。

Ｃｅｅｚ

我是てんまそ。

這張後記的插畫，

我原本很猶豫要不要畫那個太過精彩的人物園的風景。

我用最後的理性阻止自己了。

還好沒真的那麼做。

但如果有機會，我想畫畫看！

幽冥宮殿的死者之王 1 待續

Kadokawa Fantastic Novels

作者：梘影　插畫：メロントマリ

不死者vs死靈魔術師vs終焉騎士團，
三方勢力展開前所未見的戰鬥！

少年恩德受病痛折磨而喪命，再次甦醒時發現自己因為邪惡死靈魔術師的力量，變成了最低階不死者。他為了贏得真正的自由，決心與死靈魔術師一戰，然而追殺黑暗眷屬直到天涯海角，為誅滅他們不惜賭上性命的終焉騎士團卻又成了他的障礙……！

NT$240/HK$80